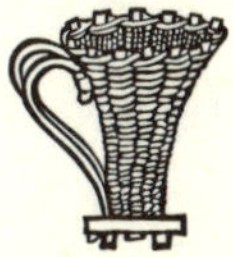

NOËLLE CHÂTELET

Das Sonnenblumenmädchen

NOËLLE CHÂTELET

DAS SONNENBLUMENMÄDCHEN

ROMAN

Aus dem Französischen
von
Uli Wittmann

Kiepenheuer & Witsch

1. Auflage 2000

Titel der Originalausgabe: *»La petite aux tournesols«*

Aus dem Französischen von Uli Wittmann

Umschlaggestaltung: Silke Niehaus, Düsseldorf
Gesetzt aus der Walbaum Standard (Berthold)
bei Kalle Giese, Overath
Druck und Bindearbeiten:
Graphischer Großbetrieb Pößneck, Pößneck
ISBN 3-462-02878-2

Mathilde sitzt im Zug.

Mit spitzen Lippen und an die Scheibe gedrückter Stirn haucht sie gegen das Fenster. Ihr warmer Atem verdunstet auf der Scheibe, hinter der noch endlose grüne Flächen vorüberziehen.

So viel Grün ist verwirrend.

So hat sie sich den Sommer nicht vorgestellt, ohne das Meer, das auf sie wartet, und ohne Sand überall – in den Sandalen, auf den mit Marmelade gefüllten Krapfen, die zwischen den Zähnen knirschen.

So hat sie sich die großen Ferien nicht vorgestellt – ohne Krebse in den Wasserlachen und ohne Drachen, die wie Schmetterlinge am Himmel flattern.

Zwischen zwei gehauchten Kreisen erfüllt sie das funkelnde Gelb der Butterblumen manchmal mit einer falschen Hoffnung. Die Butterblumen wachsen im Norden, das hat die Lehrerin gesagt.

Sie wartet auf die Sonnenblumen, die Sonnenblumen des Südens.

Angeblich kann man sie vom Haus aus sehen, wie sie sich inmitten der Weinberge und der Aprikosenbäume von morgens bis abends in der Sprache der Blumen mit der Sonne unterhalten.

Das muss sie natürlich erst mal nachprüfen, wie alles andere auch, all die Versprechen, denn sie kennt ihre Mutter mit ihrem Hang, alles zu verschönern, um sie zu zwingen, nachzugeben, das kann sogar so weit gehen, dass sie völlig absurde Dinge behauptet, wie zum Beispiel, dass man sich auf dem Land viel besser amüsiert als am Meer, oder dass ein Fluss voller Gräser und Schlamm ideal zum Baden ist und dass sich Christianes Tochter Bénédicte – Christiane ist Mamas Freundin, die das Haus gemeinsam mit ihnen gemietet hat –, also dass sich Bénédicte völlig geändert hat, eine ideale Spielkameradin sein wird und jetzt ganz normal isst.

Abwarten ...

»Nimm das Gesicht von der Scheibe, Mathilde. Sie ist nicht sauber!«

Mathilde dreht sich um. Wie soll sie ihrer Mutter bloß erklären, dass die Sonnenblumen ein bisschen Wärme brauchen und sie in diesem Zug, der sie mit all diesem Grün ringsumher fast zur Verzweiflung bringt, auf ihre Weise dazu beitragen will?

»Schmollst du?«

Mathilde betrachtet den Mund, den Mund ihrer Mutter Céline. Diesen Mund, der so falsche Versprechen, aber auch so richtige Küsse gibt.

Es ist nicht der verärgerte Mund. Es ist der herabgezogene, der traurige Mund.

Mathilde ist auf der Hut. Und wenn der Sand, die mit Marmelade gefüllten Krapfen, die Krebse und die Drachen ihrer Mutter genauso fehlen wie ihr?

Allerdings muss man dazu sagen, dass *er* im letzten Jahr mitgekommen ist. Auch wenn das haushohe Wellen geschlagen hat, höher als bei Flut, auch wenn nachts die Türen knallten, lauter als die Flaggenleinen gegen die Masten der Schiffe: *Er* war da.

Und wenn *er* ihrer Mutter fehlt? Ihr fehlt *er* doch auch ...

»Nein, ich schmolle nicht. Mir ist kalt ...«, erwidert Mathilde und schmiegt sich an ihre Mutter.

Schmusen. Schmusen gegen die Kälte.

Sie schiebt den Kopf unter den Arm der Mutter, die Wange an den seidenweichen Stoff der Bluse gedrückt. Schließt die Augen. Wartet auf die Wirkung.

Es gibt nichts Besseres, um sich aufzuwärmen, und obendrein ist da noch der Duft, denn Célines Duft an dieser Stelle ist unvergleichlich.

Das Rattern des Zugs erinnert Mathilde an den Zug, den Großmama genommen hat, um mit Félix, ihrem Verlobten, nach Sevilla zu fahren. Mathilde fährt auch weg, aber das ist etwas Anderes. Ihre Großmutter hat Glück, dass sie Félix hat, dass sie mit einem Verlobten verreisen kann ...

»Weißt du, Mama, Bénédicte ist immer noch meine Freundin, auch wenn sie nie was isst. Und

Christiane ist doch auch deine beste Freundin, nicht?«

»Ja, ich mag sie sehr gern. Du wirst schon sehen, das wird bestimmt sehr schön, wir vier ganz unter uns, nur unter Frauen!« sagt der Mund, nicht mehr ganz so traurig.

Unter Frauen. Von dem Wort wird Mathilde ganz schwummerig.

Eine Frau ist wie ein Mädchen, aber es kommt noch etwas anderes hinzu, etwas so Geheimnisvolles, so Verlockendes, dass es die Mädchen dazu bringt, an Türen zu horchen und durchs Schlüsselloch ins Badezimmer zu gucken.

Und daher wird ihr von dem Titel Frau, den ihr die Mutter gerade versprochen hat, nicht nur schwummerig, sondern auch warm, wärmer als der seidenweiche, duftende Arm über ihrem Kopf. Eine Wärme, die Sonnenblumen größer werden, wachsen lässt.

Sie stellt sich vor, wie der Lippenstift von Hand zu Hand geht, Kleider anprobiert, gegenseitig ausgeliehen werden. Ein fröhlicher Reigen des geheimen Einverständnisses, Mütter und Töchter als Freundinnen bei dem großen, dem faszinierendsten aller Spiele: eine Frau zu sein.

Mathilde lächelt in ihrem duftenden Unterschlupf. Sie lächelt diesem Versprechen zu, das alles ändern, das Sand, Krebse, Drachen und Krapfen – sogar die mit Marmelade gefüllten – in der

Versenkung der Kindheit verschwinden lassen könnte.

Sich in den Schlaf schmusen ...

Mathildes Kopf gleitet auf Célines Schoß hinab. Ein Kopf, der die Stellung aus seligen Zeiten noch nicht ganz vergessen hat.

Mit angewinkelten Knien und geballten Fäusten, eng an ihre Mutter geschmiegt, hier draußen ebenso unbesorgt wie früher drinnen, hat Mathilde, kurz bevor sie einschläft, gerade noch die Zeit, sich zu sagen, dass es einfach nicht sein kann, dass dieses Versprechen, das allerhöchste, nicht eingehalten wird ...

Hinter der Scheibe des Zugs, der immer schneller fährt, weicht das Grün zurück, das Gelb setzt sich durch.

Mathilde weiss nicht mehr recht, wie das sanfte Rattern des Zugs in dieses schrille Quietschen übergegangen ist, das ihr in den Ohren gellt. Gerade noch ist sie, ohne es richtig zu spüren, unter einem, wie ihr schien, mit erstaunlich vielen Sternen übersäten Himmel hochgehoben und in ein fremdes Bett gelegt worden, da steht sie schon schlaftrunken im Höschen auf der Schwelle einer unbekannten Tür und hält in jeder Hand eine Sandale.

Verdutzt blinzelt sie jemandem zu, der ihrer Mutter ähnelt, unter einem Sonnenschirm sitzt und lächelnd zusieht, wie sie näher kommt.

»Na, du hast aber schön geschlafen!«

Ja, das ist ihre Mutter.

Mathilde geht taumelnd über die Terrasse. Die Steinfliesen brennen unter ihren Fußsohlen.

»Was ist das für ein Krach, Mama?«

»Das sind die Zikaden, mein Schatz!«

Die Zikaden. In der Schule hat sie schon davon gehört. Große Käfer, die nicht stechen und die ganze Zeit in den Bäumen hocken und sich laut die Schenkel reiben, wenn sie sich über die Sonne freuen.

Mathilde setzt sich unter den Sonnenschirm. Ihre Augen gewöhnen sich an das Licht. Sie entdeckt das Haus. Vor gar nicht so langer Zeit hat sie sich ein Haus vorgestellt, das genauso aussieht wie dieses, mit fast rosa Steinen, Kletterpflanzen, ganz blauen Fensterläden und auf beiden Seiten großen Bäumen, deren Namen sie nicht kennt.

Sie erinnert sich daran, weil sie, kurz nachdem sie erfahren hat, dass sie in diesem Jahr in den Süden aufs Land fahren würden, Großmama die Zeichnung nach Spanien geschickt hat, allerdings nicht so sehr aus Begeisterung als eher, um sich selbst zu ermutigen, einen Sommer ohne Meer zu ertragen.

»Findest du nicht, dass das Haus fast so aussieht wie das Haus, das ich für Großmama gezeichnet habe?«

»Was? Nein, das finde ich nicht.«

Mathilde seufzt: Mütter finden einfach nie. Dabei ist das garantiert das gleiche Haus.

»Möchtest du etwas essen?«

»Nein, ich habe keinen Hunger.«

»Nicht mal eine noch ganz warme Aprikose?«

Mathildes blonde Locken sprechen für sich: Die Antwort ist nein. Außerdem, was soll das schon heißen, »eine noch ganz warme Aprikose«? Das sagt man von Croissants oder von Schokoladenhörnchen!

Céline runzelt die Stirn. Es ist nicht oft vorgekommen, dass ihr stets hungriges Kind das angebotene Frühstück ausschlägt. Sie öffnet weit die Arme.

Kletterpartie auf den Schoß. Schmusen zum Aufwachen. Morgendliches Schmusen. Halb schmollend, halb sehnsüchtig ...

Die Haut von Célines nacktem Arm hat einen neuen Geruch.

Unten vor dem Tisch mit dem Sonnenschirm läuft eine riesige Ameise, die unter einer noch riesigeren Last ächzt, hektisch hin und her.

Das ununterbrochene Summen der unterschiedlichsten Insekten, das aus den blühenden Sträuchern rings um die Terrasse aufsteigt, verrät eine Menge über die Lebenslust der Natur.

Und der Eifer der Zikaden ist geradezu überwältigend.

Jeder will hier etwas. Nur Mathilde will nichts.

»Mama, wann kommt Bénédicte?«

»Morgen. Morgen Abend.«

»Morgen« ... Diese Antwort hatte sie schon befürchtet. Morgen, da weiß man nie, was das genau heißen soll, auf jeden Fall ist das nicht heute. Und alles, was nicht heute ist, scheint so weit weg, dass es sich nicht mal lohnt, daran zu denken. Das ist wie mit dem Ausdruck »mal sehen«. Genauso deprimierend. Bis morgen bleibt mehr Zeit als genug, um den schlimmsten aller Tode zu sterben: an Langeweile.

Das ist schon mehr als einmal vorgekommen.

»Mama, wonach riecht denn dein Arm?«

»Nach Lavendel. Komm, ich zeig dir die Sträucher. Zieh deine Sandalen an.«

Mathilde macht die Schnalle zu und schnauft dabei, um zu zeigen, was für eine Anstrengung sie da auf sich nimmt, sie, die ja nichts will. Ach richtig, sie hat den Lavendel vor dem Haus für Großmama vergessen!

»Kann ich so gehen?«

Mathilde zeigt auf ihr rosa kariertes Höschen.

»Aber sicher! Das alles hier ist unser eigenes Reich. Selbst der Obstgarten!«

Hand in Hand gehen sie in den Garten.

Trotz ihrer schlechten Laune muss Mathilde zugeben, dass der Garten durchaus reizvoll ist. Kleine Pfade in alle erdenklichen Richtungen halten unzählige Überraschungen bereit: Ein Springbrunnen aus Stein mit einem Becken, Tomatenpflanzen mit vielen reifen Tomaten, eine Bambushütte voller Gießkannen, Harken, Schaufeln und Trittleitern, ein leerer Kaninchenstall, eine funktionsfähige Schubkarre, ein niedriger Eisentisch mit zwei verrosteten Stühlen und vor allem – am Ast eines majestätischen Baums, von dem Céline behauptet, es sei eine Zeder, »eine echte Libanonzeder« – eine mit alten geflochtenen Seilen befestigte Schaukel aus wurmstichigem Holz, die nur auf sie zu warten scheint.

Mathilde spürt auf einmal, dass sie nicht mehr ganz so mürrisch ist.

Dieser Garten birgt vielleicht irgendein Versprechen. Nicht etwa wie die üblichen Versprechen, die zu Hause oder in der Schule gegeben werden, und von Mama, für die das zu einer Art des Miteinanderumgehens, des Zusammenlebens geworden ist. Dieser Garten verspricht nicht irgendetwas Besonderes, und doch verspricht er alles. Er verspricht unausgedrückte Hoffnungen, unausgesprochene Wünsche, unsichtbare Gelüste, Begierden, die noch nicht wissen, dass sie Begierden sind, weil sie noch nicht Form angenommen haben, sich noch in der Schwebe befinden, wie die kleinen weißlichen Teilchen, die durchsichtigen Flocken – weder Blumen noch Tiere –, die an manchen Maiabenden in Paris unter den Kastanien durch die Luft fliegen und die Mathilde für Schneeflocken hält, obwohl sie dunkel ahnt, dass der Frühling ihnen irgendeine Aufgabe gestellt hat, dass sie irgendeinem Gebot der Natur gehorchen.

Mathilde steht im Garten, der sich vor ihr erstreckt, und hat das ebenfalls dunkle Gefühl, dass er und sie eine gemeinsame Zukunft haben, dass irgendetwas sie verbindet, vielleicht eine Aufgabe, ein Gebot, bei dem die Natur wieder einmal mitreden will ...

Célines Stimme reißt sie aus ihren Träumen: »Komm. Ich will dir noch etwas anderes zeigen.«

Hinten im Garten verzweigen sich die Pfade, laufen wieder zusammen. Sie führen zu einem Gatter. Man braucht es nur aufzustoßen ...

Und dort ergreift Mathilde plötzlich ein Taumel.

Sie taumelt nicht aufgrund der Höhe (das Gelände liegt nur wenig tiefer als der Garten). Sie taumelt aufgrund der Farbe: Unzählige Sonnenblumen starren sie an.

Sie mag ihren kleinen Kopf noch so sehr anstrengen, in einer Sekunde alle Tuben, Töpfe, Farbskalen und Pinsel ihrer Erinnerung durchgehen, nein, sie entsinnt sich nicht, je ein Gelb gesehen zu haben, das so gelb ist wie die Summe all dieser ihr zugewandten Köpfe.

Verzückung. Sie ist verzückt vor Bewunderung, vor Staunen.

Blendung. Sie ist geblendet von diesem unerwarteten Übermaß. Diesem Zuviel. Zuviel für die Augen und vielleicht auch für den Verstand.

Céline hat wohl den leichten Taumel bemerkt, der die Kindheit ins Schwanken bringt.

Mit der linken Hand hält sich Mathilde fest, klammert sich an die Hand ihrer Mutter, die Reling, ihr liebstes Geländer.

Das nennt man ein eingehaltenes Versprechen!

»Siehst du, es stimmt, was ich dir über die Sonnenblumen erzählt habe!«

Die blonden Locken sprechen für sich: Die Antwort ist ja. Aber ihre Mutter hat ihr nicht gesagt, dass sich die Sonnenblumen in der Sprache der Blumen nicht nur an die Sonne wenden. Sie scheinen auch mit kleinen Mädchen sprechen zu wollen. Die ihr zugewandten Köpfe sind wie ein stummer Aufruf, eine seltsame Bitte voller Laute ohne Worte.

Tief beeindruckt legt Mathilde die rechte Hand schirmend über die Augen, um sich vor diesem grellen, ausdrucksstarken Licht zu schützen.

Da entdeckt sie hinter dem Feld ein unauffälliges Gebäude, das sich unter einem ockerfarbenen Dach versteckt.

»Ist da noch ein anderes Haus?«

»Ja, das ist der Bauernhof. Da gehen wir heute Abend hin, um Eier und frischen Ziegenkäse zu holen.«

Jetzt lächelt Mathilde wirklich. Aus irgendeinem unerklärlichen Grund gefällt ihr dieser Bauernhof, er gefällt ihr sogar sehr gut und auch die Aussicht, mit den Ziegen Bekanntschaft zu machen – sie ist sich nicht sicher, ob sie schon jemals welche gesehen hat, auf jeden Fall nicht am Meer, das es anscheinend mehr mit den Schafen hält, denn immer, wenn sich die Schaumkronen wie Schafwolle kräuseln, muss man schon ein Schafskopf sein, um ins Wasser zu gehen, wie die Mutter gesagt hat.

Es gibt noch einen anderen Weg zurück zum Haus, der um den Garten herum durch eine Aprikosenplantage führt.

Als Mathilde ihre erste Aprikose pflückt, überkommt sie ein freudiger Schauer. Die samtige Haut ist tatsächlich ganz warm, als die Frucht in ihrer

Hand liegt, und der lauwarme, dickflüssige Saft bekleckert ihr Kinn. Doch am meisten verwirrt sie der Eindruck, dass sie, als sie diese zuckersüße Köstlichkeit vom Baum reißt, etwas Verbotenes tut, das plötzlich erlaubt ist.

Sie weiß nicht warum, aber irgendwie übt diese Geste unter dem strahlenden, verständnisvollen Blick ihrer Mutter eine größere Wirkung auf sie aus, als wenn Céline ihr den Lippenstift geliehen hätte.

IM GROSSEN RAUM MIT dem Deckengewölbe und den weiß gekalkten Wänden lassen sich Mutter und Tochter in schönem Einklang auf das Sofa fallen.

Dank der geschlossenen Fensterläden und des Fliesenbodens ist es dort herrlich kühl.

Mathilde ruft sich noch einmal die unglaublich geschäftigen Stunden vor Augen, wie sie sich im Haus eingerichtet haben. Wenn sie heute hätte sterben müssen, wäre alles mögliche als Ursache in Frage gekommen (ein Wespenstich, ein Sturz von der Schaukel, ein an Aprikosen verdorbener Magen oder eine andere Naturkatastrophe), aber bestimmt nicht Langeweile, das gibt sie zu.

Noch nie war ein erster Ferientag so ausgefüllt gewesen.

In den früheren Jahren, im Haus am Meer, war es nicht nötig gewesen, jeden Winkel in Besitz zu nehmen. Sobald den Vettern, Tanten und Freunden ihr jeweiliges Revier zugeteilt worden war, das sich für die Kinder häufig auf eine Matratze und ein, im übrigen völlig ausreichendes Viertel der Dusche beschränkte, war der Strand das eigentliche Reich, wo oft um die besten Plätze in Bezug auf Ebbe und Flut, die Sonne, die Entfernung zur Strandbar und die Öffnungszeiten des Krapfenstands heftige Kämpfe geführt wurden.

Hier besteht der Luxus in der Weitläufigkeit und der großzügigen Raumaufteilung.

Selbstverständlich werden sich die beiden kleinen Mädchen ein Zimmer teilen, aber was für ein Zimmer! Regelrechte Himmelbetten, wie für Prinzessinnen, mit großen durchsichtigen weißen Gazeschleiern gegen die Mücken, ein Sekretär und noch dazu ein Schreibtisch, ein Badezimmer mit zwei Waschbecken, außerdem eine Korbtruhe, ein äußerst origineller Sessel mit zwei Sitzen, die sich den Rücken zukehren – falls man sich mal verkracht –, und getrennte Kommoden für die Kleidung.

Mathilde hat sich das Bett neben dem Fenster ausgesucht und den Sekretär, wegen der Schubladen, die sich abschließen lassen, dann hat sie sich stundenlang damit beschäftigt, die Buntstifte, die Wasserfarben und andere kostbare Gegenstände einen nach dem anderen einzuräumen und dabei mit Hieroglyphen, die nur sie selbst zu entziffern vermag, da sie noch nicht richtig schreiben kann, eine Liste zu machen, dann hat sie sich die Hände gewaschen, die Zähne geputzt und die Haare gekämmt, um sich das Waschbecken neben dem Fenster zu sichern, aus dem man in den Garten sehen kann, genau wie vom Bett.

Anschließend haben sich Mutter und Tochter gegenseitig vorgeführt, wie sie ihre Zimmer eingerichtet haben.

Céline hat ein Zimmer ganz für sich allein. Tagsüber ein Zimmer ganz für sich allein zu haben, das ist schön, aber nicht nachts, wenn auf der Decke plötzlich seltsame Formen erscheinen oder wenn der Wind in den Fensterläden pfeift. Der einzige wunde Punkt bei der Sache: Ein Blick in Mamas Badezimmer hat Mathilde vor Augen geführt, dass sie in Bezug auf Toilettenartikel hoffnungslos im Rückstand ist, aber Céline hat ihr sogleich ein Fläschchen Lavendel versprochen, was sich ausgezeichnet trifft, denn zur Zeit scheinen die Versprechen eher eingehalten zu werden ...

Halb in den Polstern des Sofas versunken trinken die beiden einen Pfefferminzsirup, was schließlich viel stilvoller ist als eine Coca-Cola, und noch dazu mit einem Strohhalm aus richtigem, nach Weizen riechenden Stroh, den Mathilde ganz hinten in einer Küchenschublade gefunden hat.

Schon wieder dieses wunderbare Gefühl des geheimen Einverständnisses, die Empfindung, etwas mit ihr zu teilen. Schon wieder der Eindruck des Einklangs.

Céline scheint auf ihren gebieterischen Tonfall verzichten zu wollen, den Tonfall von jemandem, der befiehlt und Vorschriften macht. Seit heute Morgen, seitdem sie gemeinsam Aprikosen gepflückt haben, spricht sie nicht mehr ganz so von oben herab. Die Worte fallen nicht mehr nach unten. Niemand ist oben, niemand unten. Mathilde findet das phantastisch. Sie sieht ihre Mutter mit anderen Augen an, oder besser gesagt, sie sieht sich selbst mit anderen Augen an: Als wäre sie von einer Kurbel hochgeschraubt, hochgehoben worden, und zwar ebenso mühelos wie die Klavierbank in Paris, zum Beispiel dieser gemeinsame Pfefferminzsirup zu einem Zeitpunkt, an dem sie die Mutter normalerweise zum Kaffee ruft, ein Wort, das sie trotz allem ganz gern mag – schließlich lässt sich nichts gegen ein Wort einwenden, das Marmeladenbrote, Apfeltaschen oder selbstgebackenen Marmorkuchen einschließt –, über das sie sich aber auch ärgern kann, wenn es dazu benutzt wird, sich die Kinder nachmittags vom Hals zu schaffen oder aber, um den Unterschied zu den Erwachsenen deutlich zu machen, auch wenn dieselbe herablassende Mutter am Ende selbst ein Stück Marmorkuchen stibitzt, angeblich, um zu überprüfen, ob er gelungen ist. Im Grunde gefällt Mathilde der Kaffee sonntags bei Großmama am besten, weil alle, ohne Unterschied, vom Schokoladenkuchen essen und weil Mama in jenem Augenblick bei ihrer Mama auch wie ein kleines Mädchen wirkt.

»Wie wär's, wenn wir das Päckchen Bahlsen-Kekse aufmachen?« schlägt jene vor, die heute nicht mehr ganz so von oben herab redet.

Endlich mal ein »wir«, das sich erfreulich anhört, besser jedenfalls als das Klingeln des Telefons, das die Ausführung dieses ungemein sympathischen Vorschlags verzögert.

Céline nimmt ab.

Am Gesichtsausdruck ihrer Mutter errät Mathilde gleich, dass *er* es ist. Die Stimme dröhnt so laut wie die knallenden Türen im letzten Sommer.

»Uns geht's vorzüglich! ... Wunderbares Haus! ... Herrliches Wetter! ... Toll eingerichtet! ...«

Die Superlative hageln wie Prügel, wie Tritte gegen das Schienbein. Das wäre ja noch schöner, dass es nicht gut ginge, nur weil *er* nicht da ist!

Mathilde findet allerdings, dass es gar nicht so schlecht wäre, wenn auch *er* da wäre, aber sie hat gelernt, sich zurückzuhalten.

»Willst du mit deiner Tochter sprechen?«

Die übliche Formel. Finale. Vorhang. Aber ohne den Applaus.

Mathilde nimmt den Hörer. Sie erzählt von den Betten wie für Prinzessinnen, der Schaukel, den warmen Aprikosen, dem komischen Sessel und auch von den in Aussicht gestellten Ziegen und dem frischen Ziegenkäse.

Als sie bei dem Fläschchen Lavendel ist, wirft sie Céline einen vielsagenden Blick zu (man weiß ja nie, ein Zeuge kann immer von Nutzen sein). Bevor sie auflegt, fragt sie nicht, ob *er* bald kommt, denkt es aber so laut, dass es dort zu hören sein muss, von woher *er* anruft.

Nach dem Anruf hat Céline ihren herabgezogenen Mund.

Jetzt ist es höchste Zeit für die Bahlsen-Kekse und den Schmuse-Kaffee, den Mathilde trotz des Pfefferminzsirups so nennt und der im Schneidersitz zwischen den Beinen der Mutter eingenommen wird, den Kopf gegen eines ihrer Knie gelehnt, die beide die ideale runde Form besitzen ...

Als Mathilde ihre Kekse knabbert und dabei natürlich an den vier Ecken beginnt, die bestimmt nur dazu da sind, fällt ihr ein, dass sie vergessen hat, von den Sonnenblumen zu erzählen.

Vergessen oder absichtlich nicht davon erzählt?

Der Taumel angesichts der Schönheit, die verblüffende Sprache der Blumen lassen sich nicht erzählen, vor allem keinem Mann, nicht einmal dem, der sie gezeugt hat, sie, Mathilde, damit sie diese Dinge vielleicht eines Tages erlebt.

Über ihr knabbert die Mutter ebenfalls ihre Kekse mit dem gleichen Geräusch einer verspielten Maus.

»Mama, isst du auch erst die Ecken?«

»Natürlich.«

Na also. Es gibt doch wenigstens Situationen, in denen kleine Mädchen und Frauen in etwa das gleiche sind.

Draußen spektakeln die Zikaden in höchsten Tönen, das Telefon hat sie nicht im Geringsten gestört, während hier drinnen die Kühle nicht mehr ausschließlich vom Fliesenboden und den geschlossenen Fensterläden herrührt.

Mathilde hat große Mühe, die Abkühlung zu besiegen, die ihre Mutter überkommt, wenn der Vater wie ein Luftzug durch den Raum fegt. Kein Schultertuch, kein Wolljäckchen können dagegen etwas ausrichten.

In solchen Momenten nimmt sich Mathilde immer wieder vor, nicht so oft zu schmollen, um ihrer Mutter beizustehen, aber das würde ein ziemlich großes Opfer bedeuten, denn Schmollen oder Nörgeln erfüllt sie mit einer gewissen Befriedigung, vor allem, wenn es ohne Grund geschieht – wenn man einen Grund hat, ist das kein Schmollen mehr, sondern Unzufriedenheit, und das ist etwas ganz anderes. Dafür gibt es andere Gelegenheiten. Wenn sie jetzt, solange sie noch klein ist, nicht schmollt, wird sie es nie wieder tun, das weiß sie ganz genau. Das ist eben einer der Vorteile, noch klein zu sein!

Zu schmollen, während sie die Bahlsen-Kekse knabbert, wäre also nicht schlecht, aber das kann sie sich jetzt nicht erlauben: Sie muss ihre Mutter auf andere Gedanken bringen, und zwar schnell.

»Wie wär's, wenn wir zum Bauernhof gingen, um uns die Ziegen anzusehen?«

Keine Antwort. Célines Knie scheint aus Stein zu sein, leblos, lustlos.

»Also gehen wir jetzt zum Bauernhof, Mama?« fragt Mathilde hartnäckig, denn die Hartnäckigkeit ist eine ihrer ausgeprägten Fähigkeiten, ein gewisses Talent, das ebenfalls den Umständen entsprechend weiterentwickelt, vervollkommnet werden muss.

Im Augenblick ist es Hartnäckigkeit aus dringendem Anlass. Schwimmweste, Rettungsboot für eine Mama in höchster Not mitten im Orkan der Bitterkeit.

»Ja ... ja. Lass uns gehen ... Das ist eine gute Idee ...«

Die Retterin springt auf, kaut mit vollem Mund ihren letzten Keks und zerrt Céline mit ansteckendem Lachen aus dem Sofa. Schiffbruch abgewendet ...

Mathilde beschließt, sich umzuziehen. Sie will ihr neues Kleid vorführen, das sie am Tag vor der Abreise gekauft haben, das gelb gepunktete Kleid mit den Rüschenärmeln.

Ihre Mutter findet das ein bisschen übertrieben, um auf einen Bauernhof zu gehen, aber sie lässt die Tochter gewähren. In diesen Fragen ist sie ziemlich entgegenkommend, vermutlich weil sie selbst einen leichten Kleiderfimmel hat ...

»Zauberhaft!« sagt Céline bewundernd, als sie ihre von Kopf bis Fuß herausgeputzte Tochter sieht.

»Sollen wir über die Straße oder oben herum gehen?«

»Was meinst du damit, oben herum?«

»Durch die Sonnenblumen. Der Weg, der am Feld entlang direkt zum Bauernhof führt.«

»Dann lieber oben herum!«

Mutter und Tochter lächeln sich zu. Geheimes Einverständnis.

Als sie den Weg entlanggehen, an dem noch weitere Überraschungen zu denen des heutigen Morgens hinzukommen, wie zum Beispiel eine kleine Hundehütte aus Holz mit einer alten verrosteten Kette, fragt sich Mathilde, ob die Sonnenblumen immer noch auf sie warten und ob sie wohl mit ihr sprechen.

Sobald sie das Gatter hinter sich geschlossen haben, bekommt sie die Antwort: Die Blumen, alle Blumen drehen ihr den Rücken zu. Sie starren hartnäckig auf einen Punkt in der Ferne. Was? Nicht eine einzige Blume, die ihr ein Zeichen gibt? Nicht mal einen unauffälligen Gruß? Mathilde ist verwirrt. Sie bereut fast, dass sie sich in Schale geworfen und das gelb gepunktete Kleid angezogen hat, das die Zwiesprache mit den Blumen erleichtern sollte, denn so kann das Gespräch, wie sie sofort begreift, nicht zustande kommen.

Mathilde beharrt nie auf einer Sache, wenn sie feststellt, dass sie sich gründlich geirrt hat. Sie versteht ihre Ansprüche herunterzuschrauben, wenn sie eine eindeutige Niederlage erlitten hat. Dann heißt es, Würde zu zeigen oder sogar einen gewissen Hochmut ...

Wortlos ergreift Mathilde die Hand ihrer Mutter, um den Weg hinabzugehen, der zwischen den vielversprechenden Weinstöcken und den treulosen Sonnenblumen zum Hof führt.

Aber bevor sie ankommen, doch noch ein kurzer Blick auf die Rüschenärmel, auf das Kleid, ob es auch richtig sitzt, und auf die schneeweißen Schuhe.

»Du siehst himmlisch aus, mein Engel, richtig himmlisch!«

Der Engel betritt strahlend den Bauernhof. Das andere himmlische Gestirn zieht sich diskret hinter die Hügel zurück.

Man muss schon ein wenig Verstand aufbringen, um sich vorzustellen, dass ein kleines Mädchen von knapp sechs Jahren, das so gut wie keine Vergangenheit besitzt, den Eindruck haben kann, etwas nie zuvor Gesehenes schon gesehen, schon erlebt zu haben. Diesen Bauernhof kennt Mathilde bereits. Erkennt ihn wieder. Er hat sich bereits ihrem Gedächtnis eingeprägt.

Man muss schon ein wenig Unverstand aufbringen, um sich vorzustellen, dass sie ihn daran erkennt, daran wieder erkennt, was er einmal sein wird. Dieser Bauernhof hat sich bereits ihrer Zukunft eingeprägt.

Mathilde fehlt noch das geeignete Wort, um dieses seltsame Gefühl auszudrücken. Eines Tages wird sie von Vorsehung sprechen ...

Monsieur und Madame Fougerolles jedenfalls, die sie am Eingang der Molkerei mit einem leichten Knicks begrüßt – ein gelb gepunktetes Kleid verpflichtet –, hat sie auch schon gesehen: ihn, mit seiner erloschenen Pfeife im Mund und den schalkhaften, gutmütigen Augen, der sie, auch wenn er etwas jünger ist, an Félix erinnert, den Verlobten von Großmama. Und sie, mit ihrer etwas unwirschen Art – weil sie in jeder Hinsicht überlastet ist, mit Arbeit und überflüssigen Pfunden – und ihren roten, mit kleinen Wunden übersäten Händen, die dennoch immer bereit sind, zu helfen, Tiere und Menschen zu trösten, wenn auch, der Form halber, auf eine etwas raue Art.

Céline wundert sich, als sie sieht, dass ihre Tochter, kaum dass die Begrüßung beendet ist, zum Schweinestall, dann zum Ziegenstall, zum Pferdestall und dann zum Gemüsegarten rennt, als suche sie etwas.

Ja, das stimmt, sie sucht etwas.

Als sie atemlos und mit zerzaustem Haar angerannt kommt, hört sie, wie ihre Mutter entschuldigend sagt: »Es ist ein etwas eigensinniges Kind ...«

Ja, das stimmt, sie ist etwas eigensinnig.

Doch weder Madame Fougerolles noch deren Mann scheinen ihr das übel zu nehmen.

»Das macht nichts. Das sind wir von den Ziegen gewohnt und jetzt vor allem von dem Schlot!«

Und dann beginnen die drei zu flüstern.

Verärgert, weil man sie nicht in das Geflüster mit einbezieht, verzichtet Mathilde, die nicht weiß, was ein Schlot ist, darauf, die Frage zu stellen, wegen der sie herbeigerannt ist.

Ohne Rücksicht auf ihr Kleid, dessen Gürtel sich gelöst hat, rennt sie hinter die Scheune ...

Da sind sie endlich, die weißen Ziegen. Weißer als ihre Schuhe, weißer als die Gazeschleier gegen die Mücken über ihrem Prinzessinnenbett.

Das Weiß einer Ziege ist das in Weiß, was das Gelb für die Sonnenblumen ist. Man kann es bewundern. Das ist alles. Sich daran satt sehen, bis man geblendet ist, bis einem schwindlig wird.

Nicht eine Ziege hat sich bei Mathildes Ankunft gerührt. Sie haben ihr nur, wie die Sonnenblumen am Morgen, den Kopf zugewandt und dabei unentwegt gekaut – auf Gras, das weiß Mathilde –, aber vielleicht auch auf Worten oder Gedanken, die sie sich in den Bart murmeln. Mathilde passiert es auch schon mal, dass sie auf Worten oder Gedanken herumkaut. Das ist sehr hilfreich, vor allem an Tagen, an denen sie ausgiebig schmollt.

Aber trotzdem muss sie gestehen, dass sie im Blick der Ziegen mehr Menschlichkeit entdeckt als in dem der Sonnenblumen. Und mehr Ausdruck, und sogar eine gewisse Sympathie ihr gegenüber. Die Ziegen haben so etwas Brüderliches, vor allem die Geißlein.

Mathilde rührt sich nicht. Ist überglücklich. Lässt sich in den Kreis aufnehmen. Erfreut sich zutiefst an diesem lebendigen Weiß.

Sich in eine Ziege zu verwandeln, würde sie überhaupt nicht stören.

Plötzlich wird es still. Eine jähe, unerwartete, fast unnormale Stille. Eine große Leere ringsumher: Die Zikaden sind wie auf Kommando verstummt.

Es muss wohl das Zusammentreffen von Regungslosigkeit und Stille sein, das Mathilde einen Blick spüren lässt, der nicht den Ziegen gehört.

Aus nächster Nähe starren sie zwei Augen an.

Heute bleibt sie wirklich nicht unbemerkt. Überall scheint man sie zu erwarten. Überall lauert man ihr auf. Aber diese unsichtbaren Augen, die niemandem gehören, lassen sie erstarren.

Es ist an sich nichts Neues für sie, so intensiv beobachtet zu werden, dass sie erstarrt. Oft haben die Augen der Nacht, wenn sie im schlafenden, von Stille umgebenen Haus aufwacht und von eisigem Entsetzen gepackt wird, die gleiche Wirkung auf sie.

Doch was sie in diesem Augenblick anstarrt, erfüllt sie weder mit eisiger Kälte noch mit Angst. Im übrigen hat sie weniger den Eindruck, beobachtet als vielmehr mit Blicken abgetastet zu werden. Die beiden unsichtbaren Augen gleiten über ihren Körper, vom Nacken unter den blonden Locken bis zur Ferse, von der Kniekehle bis zur Armbeuge.

Sie wird abgemessen, abgeschätzt, berechnet. Mit einem Zirkel, einem Winkeldreieck, einem Lineal. Mit Pauspapier, Kohlepapier, Millimeterpapier.

Mathilde, die beschlossen hat, später zu malen wie Félix, der Verlobte von Großmama, kennt die unzähligen Möglichkeiten, ein Modell mit wenigen Strichen *einzufangen* – das Wort hat ihr übrigens Félix beigebracht –, aber jetzt verbindet sie dieses

Wort irgendwie mit einem hungrigen Wolf. Sie fühlt sich von dem Blick eingefangen und mit Haut und Haaren verschlungen.

Der Gedanke an einen Wolf, der ihr durch den Kopf schießt, geht auch vielleicht auf die Anwesenheit der Geißlein zurück, oder vielleicht denkt sie daran, weil die Augen, auch wenn sie unsichtbar sind, so ungemein blitzen, diese Augen, die sie verschlingen, ohne dass sie den geringsten Schmerz verspürt – weder im Nacken, noch in der Ferse, noch im Knie, noch im Arm.

Wenn das wirklich ein friedlicher Wolf ist, der sich in den Kopf gesetzt hat, sie zu verschlingen, ohne ihr wehzutun, ohne Blut zu vergießen, dann soll er ruhig aus seinem Versteck hervorkommen.

»He, du da! Wer bist du denn? Wie heißt du denn?«

Der Wolf hat also eine Stimme. Eine singende Stimme.

Mathilde dreht sich nach dem Wolf, nach der Stimme um.

Auf einem alten Traktor sitzt ein Junge, kaum älter als sie, mit dunkelbrauner struppiger Mähne und einer viel zu großen Matrosenbluse, aus der vier Gliedmaßen hervorschauen, deren Farbton zwischen dem schmutziger Bronze und dem eines Honigkuchens schwankt. Mit lautem Lachen sagt er: »Du hast ganz schön Angst gehabt, was? Nun sag schon, wie heißt du?«

Sie starrt verblüfft auf die blitzenden Zähne in diesem so laut lachenden Mund.

Das sind keine Wolfszähne (auch wenn sie ganz schön scharf aussehen), nicht einmal die eines jungen Wolfs, denn oben in der Mitte, dort wo man es am deutlichsten sieht, fehlt einer.

Mathilde findet das umwerfend: Ein Junge, der aus vollem Hals lacht, mit blitzenden Zähnen minus einem. Sie erinnert sich noch, wie sie den Mund hinter der Hand oder einem Taschentuch versteckt hat, als sie ihre Milchzähne verlor. Plötzlich war Schluss mit dem Lachen, so sehr hat sie sich geschämt, trotz der kleinen Maus, die angeblich kommt, um das Objekt der Schande gegen Süßigkeiten oder eine Geldmünze einzutauschen – etwas, das sie übrigens nie hat nachprüfen können. Schluss mit dem Essen, vor allem keine Marmeladenbrote mehr, weil das Zahnfleisch so wund war. Schluss mit einfach allem, angesichts dieser komischen Anwandlung der Natur, die ihren Eltern große Freude zu machen schien.

Über diesem Mund mit der Zahnlücke also, den sie furchtbar hässlich finden müsste, wenn er nicht so strahlend wäre, entdeckt sie jetzt zwei deutlich sichtbare Augen, die inmitten der dunklen Haut wie grüne Oliven glänzen. Die Augen des singenden Wolfs.

»Nein. Ich habe keine Angst gehabt ... Höchstens ein kleines bisschen«, fügt sie hinzu.

Mathilde macht ihren Gürtel wieder fest und sagt dann ein wenig kokett: »Wie ich heiße? ... Rat doch mal! ... Rat mal, wie ich heiße!«

»Äh ... Camille ... oder Laurette?« schlägt der Junge spöttisch vor.

»Danebengeraten! Ich heiße Mathilde!«

Er scheint beeindruckt zu sein und sie zufrieden mit der Wirkung, die sie erzielt. Die Zikaden, die noch immer stumm sind, scheinen die Begrüßungszeremonie zu respektieren. Die Ziegen dagegen kauen ungerührt weiter, aber anscheinend nicht auf allzu bösen Gedanken.

Schon wieder das Abmessen, Abschätzen. Zirkel. Winkeldreieck. Lineal. Pauspapier. Kohlepapier. Millimeterpapier. Und der Vorname noch dazu.

»Du bist die Thilde!« sagt der Junge schließlich gebieterisch. »Also, Thilde, willst du auf meinen Traktor steigen?«

Sie zögert. Ein Traktor ist nicht der richtige Ort für ein gepunktetes Kleid. Nicht der richtige Ort für eine Mathilde. Für eine Thilde dagegen ...

Sie hat den Eindruck, dass dieser Vorschlag eine ziemlich ernste Sache ist. Dass ein Pakt dahinter steckt. Und bekanntermaßen spaßen Jungen nicht mit dem Protokoll. Wenn man sich ziert, ist Schluss mit den Vorschlägen. Man möchte fast meinen (das hat sie bei ihren Vettern festgestellt), dass sie nur auf einen Vorwand warten, um einen Rückzieher machen zu können, als wüssten sie nicht recht, ob sie es wirklich wollen, dass die Mädchen auf den Vorschlag eingehen. Wenn sie sich also nicht sofort entschließt, ist es vorbei mit dem Traktor und allen möglichen anderen Dingen, ein für alle Mal vorbei. Womit im einzelnen? Das weiß sie auch nicht so genau, aber mit allen möglichen Dingen, das steht fest. Sie kennt noch nicht das Wort für diesen Eindruck. Eines Tages wird sie von Vorahnung sprechen ...

Noch ehe Mathilde all diese Eindrücke in sich aufgenommen hat, ja noch ehe sie sich überhaupt entschieden hat, steht sie schon auf dem Trittbrett des Traktors und wird von den Armen hochgezogen, die aus der zu großen Matrosenbluse hervorschauen.

Noch ehe sie sich entschieden hat, sitzt auch sie oben auf dem Traktor, eingeklemmt zwischen zwei gespreizten Beinen (deren Farbe bei näherem Hinsehen letztlich viel mehr die eines Honigkuchens ist) auf einem runden Metallsitz – in luftiger Höhe über den Dingen, in luftiger Höhe über den Regeln des Anstands.

Das gelb gepunktete Kleid rutscht leicht über die Schenkel des Jungen, was diesen noch mehr zum Lachen bringt.

Dort oben ist es sehr schön, wie auf einem Karussell, das nur darauf wartet, sich zu drehen, sich aber nicht dreht, außer in Mathildes Kopf.

Von dort oben kann man die Sonnenblumen und die Aprikosenbäume sehr gut sehen.

Im Nacken und auf dem Hals kitzelt sie das Lachen, das die blonden Härchen aufrichtet.

Die beiden Hände des Jungen ergreifen das Steuer. Sie lässt die gefalteten Hände auf das Kleid sinken.

Zum ersten Mal stellt sie fest, dass Jungen ganz andere Hände haben als Mädchen, vor allem dieser Junge, der sie Thilde nennt und dessen Namen sie nicht kennt. Die Fingerspitzen sind kantiger, und man kann die Knochen genau erkennen. Vermutlich kann er deshalb einen Traktor fahren, selbst einen, der sich nicht bewegt. Doch das stört nicht.

Selbst wenn sich der Traktor nicht von der Stelle rührt, sind sie schon jenseits der Sonnenblumen, jenseits der Aprikosenbäume – im Galopp durch die Provence.

Die Zikaden lassen sich nicht lumpen und legen sich wieder in schönem Einklang ins Zeug. Mathilde muss schreien, um das schrille Getöse zu übertönen: »Nun sag schon, wie du heißt!«

»Ich? Ich bin der Remi!« erwidert er stolz.

Sie wiederholt leise diesen Namen, den sie noch nie gehört hat und der aus zwei Noten besteht, die sie nur aus dem Musikunterricht kennt. Re. Mi.

Sie begreift plötzlich, dass jemand mit solch einem Vornamen durchaus eine singende Stimme haben kann.

»Lass dein Ei nicht kalt werden, Ma-Thilde!«

Ma-Thilde, Ma-Thilde ... Es ist das erste Mal, dass die Mutter ihren Vornamen so ausspricht.

Vielleicht ist das hier mit allem so: Man schneidet die Namen in Stücke wie das Brot, das zum Tunken in schmale Streifen geschnitten fein säuberlich aufgereiht auf dem Rand ihres Tellers liegt ... Remi, Ma-Thilde ... Aber das Erstaunlichste daran ist, dass Céline das ganz allein herausgefunden hat.

Verblüffend, wie klug eine Mutter sein kann! Dass auch sie ihre Tochter Thilde nennt, ohne zu wissen, dass sie umgetauft worden ist, das ist schon erstaunlich. Das tröstet über die vielen Male hinweg, bei denen sie immer und immer wieder dasselbe fragen musste, ohne eine andere Antwort zu bekommen als ein »Nun reicht's aber!«, das nie gereicht hat.

»Heute Abend gehen wir früh ins Bett, einverstanden?« schlägt Céline vor.

Schon wieder ein »wir«, über das Mathilde sich freut. Eine Ecke des Versprechens, unter Frauen zu sein, eine Ecke, die köstlich ist wie die eines Bahlsen-Keks, wenn noch drei weitere zum Knabbern übrig bleiben.

»Wirklich gut, die Eier vom Bauernhof, findest du nicht?« fügt diese ausgesprochen scharfsinnige Mutter hinzu.

Gut, die Eier? Gibt es denn irgendetwas auf diesem Bauernhof, das nicht gut ist? So viele Bilder stürmen auf Mathilde ein, dass sie sie gar nicht sortieren kann, vor allem wenn eins unter ihnen so aufdringlich ist, dass es alle anderen daran hindert, sich für die Parade der Erinnerung in Reih und Glied zu stellen, für die große Rückschau auf die Ereignisse, die Mathilde für sich behalten hat. Sie hat nicht über die Begegnung hinter der Scheune gesprochen, auch nicht über die Wolfsaugen und den fehlenden Zahn und erst recht nicht über den Galopp auf dem Rücken des Traktors. Sie hat sich noch nicht entschieden, ob sie das erzählen oder geheim halten soll.

Céline stellt die Schale mit dem Frischkäse aus Ziegenmilch auf den Tisch.

»Mama, weißt du, dass ich die Ziegen gesehen habe?«

»Ja. Ich weiß.«

Mathilde betrachtet ihre Mutter mit gerunzelten Brauen. Die Klugheit der Mütter ist wie gesagt verblüffend, aber noch erstaunlicher ist ihre Fähigkeit, im gleichen Augenblick überall zu sein. Wie oft war Mathilde, wenn sie sich für irgendeine ganz persönliche Zeremonie in ihrem Zimmer eingeschlossen und den Schlüssel vorsorglich zweimal umgedreht hatte, von der Küche aus, in der Céline mit irgendetwas anderem beschäftigt war, entlarvt worden, als wäre das ganze Haus durchsichtig! Die Lehrerinnen in der Vorschule besitzen manchmal die gleiche Gabe, aber nicht ganz so ausgeprägt.

Dass sie das mit den Ziegen weiß, lässt sich zur Not dadurch erklären, dass Mathilde solche Ungeduld gezeigt hat, die Tiere zu sehen ... Nein, was sie beunruhigt, ist der Ton des »Ich weiß«. Es hört sich an wie ein »Ich weiß«, das einfach *alles* zu wissen scheint. Ein »Ich weiß«, das durchaus die Ziegen, den Wolf, den Jungen in der Matrosenbluse und den Traktor einschließen könnte. Nicht etwa, dass sie sich schuldig fühlt (höchstens ein bisschen wegen des gepunkteten Kleids), aber es ist eine Frage des persönlichen Besitzes, denn was sie erlebt hat, gehört schließlich ihr, ist ihre Sache, genau wie es ihre Sache ist zu entscheiden, ob sie es erzählen will oder nicht, und wann und wie sie es erzählen will, ob sie zum Beispiel etwas hinzufügt oder etwas weglässt, also ganz auf ihre Art und Weise! Das ist wichtig, die Art und Weise, wie man etwas erzählt!

Das weiche Ei bleibt ihr in der Kehle stecken. Der Anblick des kaum abgetropften Frischkäses dreht ihr den Magen um.

Was weiß eigentlich diese Mutter, die alles weiß, im Einzelnen?

Selbst wenn sie die beiden auf dem Traktor gesehen haben sollte, weiß sie zumindest nichts von dem leichten Hauch im Nacken und auch nichts von den kantigen Fingerspitzen. Sie weiß nicht, wie die Provence von dort oben aussieht, weiß nichts vom Galopp auf der Stelle über Sonnenblumen und Aprikosenbäumen im Lärm der Zikaden.

»Was hast du denn, Ma-Thilde?«

Was sie hat? Was die Thilde hat? Sie hat, dass sie gleich in Tränen ausbricht. Sie hat, dass sie sich verraten fühlt. Von ihrer eigenen Mutter, die viel zu viel weiß und viel zu schnell alles erzählt!

Verwirrt bemüht sich Céline, ihre Tochter abzulenken. Das tut sie immer, wenn Mathilde aus unerklärlichen Gründen plötzlich in Tränen ausbricht, Tränen, die Céline im Übrigen so traurig stimmen, dass Mathilde von sich aus versucht, sie zu unterdrücken, allerdings nur in bescheidenem Maß, denn wohin soll das führen, wenn man nicht einmal mehr weinen darf! ...

»Übrigens scheinen die Bauern nebenan einen kleinen Jungen für die Ferien aufgenommen zu haben!«

Mathilde wartet gespannt, wie es weitergeht. Noch können die Tränen, die den Rand der Lider erreicht haben, zurückgedrängt werden, den Weg des Kummers zurückfließen, den Hang des Weinens wieder erklimmen. Das kommt darauf an. Das kommt alles darauf an.

»Hast du ihn gesehen?«

»Wen meinst du?«

»Den kleinen Jungen natürlich. Hast du ihn gesehen?«

»Nein. Man hat mir nur von ihm erzählt ... Ein Heimkind, mehr weiß ich auch nicht. Warum?«

»Ach nur so! Nur so!« erwidert Mathilde und beschließt, anstatt die Tränen zurückzudrängen, ihnen zur Erleichterung freien Lauf zu lassen. Sie schnäuzt sich laut in ihre Papierserviette.

Céline seufzt, während sie den Frischkäse serviert.

Jetzt ist Mathilde wie neugeboren mit ihrem unangetasteten Geheimnis und dem ebenso unangetasteten Recht, es preiszugeben oder für sich zu behalten, zu ihrem ganz persönlichen Vergnügen, um sich damit die Erinnerung zu versüßen.

»Kann ich den Frischkäse mit Zucker essen?«

»Natürlich, mein Schatz.«

Mutter und Tochter essen schweigend ihren jeweiligen Teil des Bauernhofs, Céline mit Salz, Mathilde mit Zucker ...

Nachdem Mathilde den letzten Löffel Frischkäse heruntergeschluckt hat, fragt sie, ebenso satt, als hätte sie eine ganze Ziege gegessen: »Was ist das, ein Heimkind?«

»Das ist ein Kind, das keine Eltern hat. Diese Kinder werden von der Fürsorge in ein Heim geschickt, wo man sich um sie kümmert.«

»Ach so! ...«

Mathilde hat wieder die viel zu große Matrosenbluse vor Augen. Sie findet, dass die Fürsorge den Kindern, die keine Eltern haben, doch wirklich passende Kleidung geben könnte.

Die Matrosenbluse lässt eine tosende Welle neuer Bilder aus der Scheune auf sie zurollen. Sie steht davor und fragt sich – so wie sie es immer am Strand tut, wenn die Wellen zu hoch sind und sie hin und her gerissen zwischen Ungeduld und Angst mit nackten Füßen im schäumenden Wasser steht und die Hände an die blaue Schwimmweste klammert –, ob sie sich hineinstürzen oder auf die nächste Welle warten soll.

Eine Frage lässt sie nicht los: Was machen Frauen in solchen Fällen, wenn sie unter sich sind? Erzählen sie sich alles, nachdem die große Begegnung stattgefunden hat? Alles von A bis Z – oder nur ein bisschen?

Das Aprikosenkompott, das Céline auf den Tisch stellt, gibt Mathilde Mut. Die Aprikosen haben sie gemeinsam im Obstgarten gepflückt, gemeinsam fröhlich entkernt.

Die Wahl der Welle ist getroffen. Der Entschluss steht fest: Die nächste soll es sein. Schnell! Schnell!

»Aber ich, ich habe ihn gesehen!«

»Wie bitte?« erwidert Céline zerstreut.

»Ich habe ihn gesehen, den Jungen! Ich weiß sogar, wie er heißt! Remi heißt er!«

Das Wasser ist gar nicht so kalt. Sie hat noch Grund unter den Füßen. Sie hat sich die richtige Welle ausgesucht. Fast könnte sie ihre blaue Schwimmweste ablegen.

»Ach so!« sagt Céline lachend und eher gut gelaunt.

Mathilde legt die Arme verschränkt auf den Tisch.

Ihre Mutter, gegenüber, nimmt die gleiche Haltung ein.

Mathilde kommt es vor, als habe sie schon lange auf diesen Augenblick gewartet. Es kommt ihr sogar so vor, als sei sie nur deshalb auf die Welt gekommen, nur um diese Geschichte zu erzählen, die ihre Sache ist, und die Art und Weise – das ist wichtig, die Art und Weise –, wie sie sie mit Mama teilen wird, dem Menschen, den sie am meisten auf der Welt liebt, abgesehen von dem, der nachts die Türen knallen lässt, wenn er mal da ist zwischen zwei Reisen, die jedes Mal länger werden.

Am Gesicht des am meisten geliebten Menschen, der ihr zuhört, begreift Mathilde, dass sie mit ihrer Geschichte ins Schwarze trifft, dass die Art und Weise genau richtig ist.

Auf diesem Gesicht spiegeln sich abwechselnd alle Gefühle, die Mathilde kennt, aber auch noch etwas anderes, das sie nicht kennt und nicht sogleich erklären kann, weil sie viel zu sehr damit beschäftigt ist, ihre Geschichte in leuchtenden Farben zu erzählen.

Am Schluss ist Célines Gesicht ein einziges Lächeln, eines der schönsten, das Mathilde je bei ihr gesehen hat, vor allem seit sie nicht mehr lächelt, oder zumindest viel seltener.

Céline scheint bereit zu sein, die Arme, die ebenfalls ein einziges Lächeln sind, über dem Aprikosenkompott auszubreiten. Mathilde ist im Begriff, aufzuspringen und sich für das Nachtisch-Schmusen (das am Tisch auf Mamas Schoß stattfindet) auf sie zu stürzen, doch dann besinnt sie sich anders.

Irgendetwas sagt ihr, dass sie es sich nicht erlauben kann, und außerdem ... Und außerdem ist sie sich nicht sicher, ob sie heute Abend den zärtlichen, duftenden Hauch ihrer Mutter im Nacken spüren möchte. Ein anderer, den sie in ihrer ansonsten durchaus getreu wiedergegebenen Geschichte verschwiegen hat, ein anderer Hauch, der leicht und viel wilder ist, kitzelt sie noch dort, unter dem weichen Flaum ihres Haars.

Dem Nachtisch-Schmusen widerstehen zu können, das ist es wohl, was mit »unter Frauen zu sein« gemeint ist, sagt sich Mathilde und hält ihren Teller hin.

»Ich gehe ein bisschen schaukeln, Mama!«

Mathilde trägt die blau karierte Kniehose und dazu eine kurzärmlige Bluse, die sie auf dem Bauch verknotet, so wie sie es bei den Damen am Strand gesehen hat.

Céline blickt von ihrem Buch auf.

Sie hatten sich – nach zähen Verhandlungen, die für die Wahl der Ferien in der Provence eine große Rolle gespielt haben – darauf geeinigt, dass die Tochter in diesem Sommer selbst bestimmen darf, was sie anzieht. Und Mathilde hat die Absicht, diese Freiheit so weit wie möglich zu nutzen, da sie der Ansicht ist, dass jede Tätigkeit nach einer geeigneten Kleidung verlangt, und zwar ohne Kompromiss. Daher begnügt sich ihre Mutter damit, Billigung oder Missbilligung zu zeigen, was Mathildes Selbstbewusstsein, das Ablehnung genauso liebt wie Zustimmung, in beiden Fällen recht ist.

»Das ist sehr hübsch«, sagt Céline zustimmend. »Soll ich dich anschubsen?«

»Nein, nein, das ist nicht nötig!«

Wenn Mathilde nicht hinzugefügt hat »bloß nicht!«, dann wirklich nur um Haaresbreite, wie jeder Dummkopf begreift.

Und Céline ist nicht dumm: »Gut, gut, ich habe verstanden!« erwidert sie in verschwörerischem Ton, über den sich Mathilde sogleich wieder ärgert.

Eltern haben nicht das geringste Taktgefühl, wie Kinder nur zu gut wissen. Das ist der Preis, den sie für ihre Klugheit und die Fähigkeit, überall gleichzeitig zu sein, zahlen müssen. Da sie alles sehr schnell begreifen, können sie nicht umhin, alles gleich auszuposaunen. Bei Mathildes Mutter ist das geradezu eine Manie. Dagegen lässt sich nichts machen.

Und was die Schaukel angeht, so gehört wirklich nicht viel Einfallsreichtum dazu: Wenn Mathilde ihre Mutter nicht braucht, um angeschubst zu werden, dann heißt das, dass jemand anders es an ihrer Stelle tut, und dieser jemand anders ... dieser jemand wartet unter der Zeder auf sie.

Sie hat diesen Ort vorgeschlagen, als sie mit weichen Knien, aber klarem Kopf vom Traktor geklettert ist, und zwar mit der deutlichen Absicht, dass er sich diesmal in ihr Revier wagen soll.

Er hat gesagt, dass es nicht so leicht sei, den Bauernhof zu verlassen, und dass er noch nie bis zum Garten über den Sonnenblumen hinaufgegangen sei, aber er werde es versuchen, und dann hat er auf den Boden gespuckt, um seine Entschlossenheit zu zeigen ...

Mathilde betritt den Garten und bemüht sich, ihre Mutter zu vergessen, die ihr mit den Augen folgt.

Sie zögert, welchen Pfad sie einschlagen soll, auch wenn alle Wege zur Schaukel führen. Sie wählt schließlich den Pfad, der am Gartenhaus vorbeiführt, an der Bambushütte voller Gießkannen, Harken, Schaufeln und Trittleitern.

Natürlich ist es noch derselbe Garten wie gestern, und dennoch ist er anders. Gestern versprach der Garten alles in gleicher Weise, alle möglichen Arten des Zeitvertreibs, alle möglichen Belustigungen. Mathilde ist darin herumgetollt wie in einem Spielzeugladen, ist im Rausch des Überflusses von einem Wunder zum anderen gerannt. Heute hat sie sich ihr Spiel ausgesucht, sie weiß, welches sie erwartet, und will kein anderes. Es hat die Gestalt eines Jungen mit blitzenden Zähnen minus einem, dessen Stimme dafür aber zwei Noten mehr hat. Ein Junge, der nicht zögert, einem Mädchen vor die Füße zu spucken, wenn er sein Ehrenwort gibt.

Zwischen gestern und heute hat sie vergessen, was Langeweile ist. Nachdem sie einen Wolf zum Singen gebracht und einem Nachtisch-Schmusen widerstanden hat, leistet sich Mathilde ein Rendezvous im Garten der Versprechen.

Zwischen gestern und heute hat sie, an Célines Hand geklammert, den Taumel der Schönheit beim Anblick der Sonnenblumen erlebt, und dann, auf dem Traktor, über denselben Sonnenblumen den Taumel des Neuen – aber diesmal nur an ihren eigenen Wunsch geklammert.

Zwischen gestern und heute hat sie die Hand ihrer Mutter losgelassen. Deshalb ist der Garten so anders. Er ist anders, weil sie allein dorthin geht. Anders, weil sie dorthin geht, um jemanden zu treffen, der unter einer alten Zeder auf sie wartet, einer Zeder, die dafür einen weiten Weg zurückgelegt hat.

Mathilde geht allein dorthin, kerzengerade, in ihrer blau karierten Kniehose. Sie sieht, wie die Zeder am Ende des Pfads immer näher kommt, und dann die Schaukel …

Ihr Herz macht einen Hüpfer, einen kindlichen Hüpfer in der Brust: Es ist niemand da. Was machen die Damen am Strand, die ihre Bluse auf dem Bauch verknoten, in solchen Fällen? Was machen sie, wenn niemand da ist?

Sie weinen nicht, das ist klar, stampfen nicht wütend mit dem Fuß auf den Boden, aber was machen sie, wenn sie schon nicht weinen?

Mathilde setzt sich auf das Holzbrett der Schaukel. Ihre Hose ist zu eng. Sie fragt sich, ob die blau karierte Kniehose wirklich das geeignete Kleidungsstück ist, ob nicht ein Kleid oder ein weiter Rock, der sich wie ein Fallschirm aufbauscht, wenn man sich in die Luft schwingt, besser gewesen wäre. Sie fragt sich sogar, ob diese Geschmacksverirrung nicht der Grund für dieses unerklärliche Wegbleiben ist. Sie hat keine Ahnung, welche Anforderungen Jungen an den Kleidungsstil von Mädchen stellen. Vielleicht sind Jungen in dieser Hinsicht noch pingeliger als sie – denn Mädchen sehen einfach alles. Und wenn er schon wieder weggegangen ist? Und wenn er nie wieder zurückkommen wird? Und wenn er nur zum Spaß auf die Erde gespuckt hat? Und wenn ...

»He! Siehst du mich nun oder siehst du mich nicht? Du hast doch gesagt ›auf der Schaukel‹, oder etwa nicht? Hier bin ich, auf deiner Schaukel!«

Verblüfft hebt Mathilde den Kopf. Da ist er.

Hoch erfreut darüber, dass er sie wieder einmal überrascht hat, sitzt Remi mit baumelnden Beinen rittlings auf dem Ast der Zeder und lacht aus vollem Hals, mit blitzenden Zähnen minus einem. Er trägt ein dunkelblaues Unterhemd und eine gleichfarbige kurze Hose, die beide genau die richtige Größe haben und einem Turnanzug ähneln.

Ein Junge muss wohl immer irgendwo hoch oben thronen! ...

»Hast du es also doch geschafft zu kommen?« fragt Mathilde, die immer noch mehr unter dem Schock der Enttäuschung als der Überraschung steht, etwas dümmlich.

»Ja, was glaubst du denn! Die Fougerolles, die muss man nur zu nehmen wissen, das ist alles! Willst du, dass ich dich anschubse?«

»Äh ... ja. Gern!«

In null Komma nichts lässt sich Remi wie an einem Trapez nach hinten fallen, hängt – mit dem

Kopf nach unten – in den Kniekehlen am Ast und drückt mit beiden Armen kräftig gegen die Seile der Schaukel. Mathilde ist sprachlos. Das wirft sie einfach um.

Nach und nach gehorcht die Schaukel den muskulösen Armen des Jungen. Mathilde hilft ihm so gut sie kann, indem sie die Beine nach vorn wirft, und ist heilfroh über die Wahl der Kniehose für diese unerhörte Zirkusnummer.

Der Flug zu zweit beginnt. Hoch hinaus.

Mathilde wirft den Kopf nach hinten. Remis Kopf ist jetzt ganz nah. Braune Locken streifen blonde Locken. Die beiden umgekehrten Gesichter, die sich unverwandt ansehen, sich gegenseitig entdecken, voneinander lernen, kommen sich immer näher.

Noch nie hat sie einen Jungen aus solcher Nähe gesehen und noch dazu aus umgekehrter Perspektive.

Noch höher.

Die ganze Zeder kippt von vorn nach hinten, von hinten nach vorn. Mathilde fragt sich nicht einmal, wie Remi es fertig bringt, so lange mit dem Kopf nach unten in dieser Stellung zu bleiben – nur durch die Kraft seiner Schenkel, deren Farbe immer mehr der eines Honigkuchens gleicht, als sei Remi ein Teil des Baumes, der aus der Ferne stammt.

Remi scheint mindestens ebenso an Mathildes Augen zu hängen wie an dem Ast.

Sie kann den Blick nicht mehr von den beiden Oliven lösen, die vor Freude glänzen und die sie bei jedem Hin und Her der Schaukel durchbohren.

Das Kinderherz hüpft unter der weißen Bluse, ein leises Tamtam der Erregung und der Kühnheit.

»Hast du keine Angst, Thilde?« fragt der umgekehrte Mund.

»Nein, ich hab keine Angst«, erwidert der richtig herum gedrehte Mund. »Höchstens ein kleines bisschen«, fügt sie jedoch hinzu, denn alle Bäume des Gartens kippen ebenfalls um und sogar die Bambushütte mit Gießkannen, Harken, Schaufeln und Trittleitern ...

Da beschließen sie gemeinsam, ein Kopf oben, ein Kopf unten, wieder herunterzukommen, die Schaukel zu beruhigen ... Bald findet die Bambushütte wieder festen Boden unter den Füßen, und die Bäume des Gartens nehmen einer nach dem anderen wieder ihre ruhige, aufrechte Haltung ein. Die Zeder hat sich den Hals verrenkt und heute mehr erlebt als auf dem weiten Weg aus dem Libanon, das steht fest. Das Hin zieht nicht mehr das Her, das Her nicht mehr das Hin nach sich.

Die Schaukel kommt endlich zur Ruhe.

Mathilde betrachtet verdutzt den Boden, den sie vor mehreren Millionen Jahren verlassen hat. So lange, bis sie wieder zu einem normalen kleinen Mädchen auf einer Schaukel geworden ist. Remi steht neben ihr. Er hat das Recht, stolz zu sein, das hat er bestimmt: Immerhin ist es das zweite Mal, dass er sie zu einem Luftsprung verleitet.

Mathilde, die für ihre treffenden Bemerkungen, ihr sicheres Urteil bekannt ist, spürt wieder, wie sie eine dümmliche Anwandlung überkommt: »Willst du später mal Pilot werden?« fragt sie, um ihm nicht nachzustehen, aber auch, um diesem olivgrünen Blick zu entkommen, der sie mustert, sie abmisst – Zirkel, Winkeldreieck, Millimeterpapier – und dabei besonders auf die kokett geknotete Bluse gerichtet ist.

»Pilot? Nein! Seemann, ich will Seemann werden!«

»Warum denn Seemann?«

»Um meinen Vater zu suchen, warum wohl sonst?«

Mathilde denkt an ihren Vater, der so oft weg ist, aber immer wiederkommt. Sie findet, dass Remi völlig Recht hat, sich auf die Suche nach seinen Vater zu machen, wenn dieser nie wiederkommt.

»Und deine Mutter?« fragt sie, ohne groß nachzudenken.

Remi antwortet nicht. Als habe er die Frage nicht gehört.

»Sag, hat dir das Schaukeln Spaß gemacht?«

»Ja, das hat mir Spaß gemacht«, erwidert Mathilde und errötet leicht.

Sie will noch etwas hinzufügen, etwas, das Remi vielleicht gefallen könnte, doch da sieht sie, wie ihre Mutter am anderen Ende des Pfads auftaucht.

Remi dreht sich um, wirft einen Blick auf Mathilde, dreht sich dann wieder zu dieser Frau um, die näher kommt. Er ist nervös, scheint fast in Panik zu geraten.

»Du brauchst keine Angst zu haben. Das ist Mama!«

Auf einmal wird ihr klar, dass sie gar nicht so Unrecht gehabt hat mit dem Wolf. Denn plötzlich wirkt er tatsächlich ziemlich ungezähmt. Seine Augen leuchten ganz anders, sind voller Scheu und Misstrauen. Mathilde erfüllt es mit einem seltsamen Gefühl, zugleich aber auch mit Freude, dass sie ihn ganz allein gebändigt hat, ohne Angst zu haben, höchstens ein kleines bisschen.

»Du bist der Remi, nicht wahr?«

Céline streichelt den braunen Haarschopf, ohne sich daran zu stören, dass der Junge zurückweicht.

Mathilde findet, dass Mütter es wirklich verstehen, mit Kindern zu reden, vor allem mit denen, die nicht ihre eigenen sind.

Das Streicheln des Haars und der so liebenswürdig vorgebrachte Vorname tun ihre Wirkung. Remi lässt sich darauf ein zu lächeln, sogar für Céline hat er ein Lächeln übrig, mit blitzenden Zähnen minus einem, aber das ist auch alles. Er macht sich so schnell davon, dass Mathilde nicht einmal Zeit hat, ihm auf Wiedersehen zu sagen.

»Findest du nicht, dass er etwas schüchtern ist, dein Remi?«

»Er ist nicht schüchtern. Er ist ungezähmt!« erwidert Mathilde beleidigt.

Schüchtern und ungezähmt, das ist schließlich nicht dasselbe! Wenn die Jungen schüchtern sind, müssen die Mädchen die ganze Arbeit übernehmen: die Vorschläge, die Unterhaltung. Mit einem ungezähmten Jungen dagegen gibt es immer Überraschungen, ist man immer in Gefahr, ob man will oder nicht. Das ist einfach genial!

»Was murmelst du da wieder vor dich hin?«

»Ich sage nur, mein Remi (sie betont dabei das ›mein‹) ist einfach genial!«

Céline muss laut lachen.

»Soll ich dich anschubsen oder wollen wir essen?« fragt sie ihre Tochter, die noch immer auf der Schaukel sitzt.

Mathilde versucht sich vorzustellen, wie ihre Mutter mit dem Kopf nach unten am Ast der Zeder hängt, wie an einem Trapez.

»Lass uns essen!« erwidert sie ohne zu zögern.

Mutter und Tochter gehen gut gelaunt durch den Garten, gut gelaunt auch daher, weil Céline Melone und Eis angekündigt hat.

Sie halten sich an der Hand. Die Hand einer Mutter hat auch ihren Reiz, denkt Mathilde, vor allem, wenn man sie ab und zu loslassen kann.

»Glaubst du, dass Remi keine Mutter hat?«

»Doch, natürlich hat er eine, aber er kennt sie nicht ...«

Mathilde wünscht sich, dass Remi möglichst bald Seemann ist, damit er wenigstens seinen Vater kennen lernt.

»So, Mittagessen, ein kurzer Mittagsschlaf, und dann holen wir Christiane und Bénédicte vom Bahnhof ab, einverstanden?«

Bénédicte ...

Sie hat Bénédicte ganz vergessen! Was soll sie denn bloß mit Bénédicte anfangen, jetzt, wo sie jemanden zum Spielen gefunden hat, einen Remi ganz für sich allein? Jetzt, wo sie seine Thilde ist?

Sie ist nicht einverstanden, nein, überhaupt nicht einverstanden!

Mathilde bleibt stehen.

»Was ist los?«

Also gut, Céline hat es eilig, in ihrem Ton liegt etwas Ungeduld.

»Mir ist übel«, sagt Mathilde, da ihr nichts Besseres einfällt.

»Das kommt vom Schaukeln. Das ist nicht schlimm«, erklärt die Mutter bestimmt und beschleunigt den Schritt.

Doch, das ist schlimm, sehr schlimm sogar!

Kaum sind sie aus dem Zug gestiegen, hat Mathilde es schon bemerkt: Bénédicte ist gewachsen, noch schlanker geworden und sieht bezaubernd aus mit ihren langen rötlichen Zöpfen, ihrer milchweißen Haut und vor allem einer ganz persönlichen schicken Note, die sie angeblich schon besessen hat, als sie noch im Spielanzug herumgekrabbelt ist, und die sich hier auf dem Bahnsteig als geradezu umwerfend erweist.

Diese offenkundige Tatsache verleiht der Begrüßung einen bitteren Beigeschmack.

Mathilde, die durchaus weiß, dass sie hübsch ist, empfindet schon wieder das verzweifelte Bedürfnis, den Vorsprung einzuholen, den Bénédicte an Eleganz (Christiane kleidet sie in dem Modesalon ein, in dem sie als Designerin arbeitet), an Wissen (sie geht seit über einem Jahr in die Schule für die Großen) und an Reife besitzt (sie schmollt nicht, braucht keine Form des Schmusens und kann nachts bei völliger Finsternis schlafen).

Bei jedem Wiedersehen hat Mathilde zunächst das unangenehme Gefühl, Bénédicte gegenüber im Nachteil zu sein, ein Gefühl, das bald nachlässt, weil Mathilde alles dransetzt, sie an Komik (Bénédicte ist ernst), an Kühnheit (Bénédicte ist zurückhaltend) und an Originalität (bei Bénédicte ist jede Reaktion vorhersehbar) zu übertreffen.

Noch während Mathilde in dem nagelneuen Leihwagen eine idyllische Beschreibung ihres Zimmers, des Gartens und des Bauernhofs gibt, wird dieses unangenehme Gefühl plötzlich um einen Gedanken bereichert, auf den sie noch gar nicht gekommen ist und der sie viel schrecklicher trifft als alle Nachtgespenster: Und wenn auch Remi Bénédicte umwerfend findet?

Mathilde öffnet ein Fenster. Ein heftiger Luftzug bringt den tadellos liegenden Pony ihrer Gefährtin durcheinander.

»Warum lässt du die Scheibe herunter?« fragt Céline vom Vordersitz und unterbricht ein sehr persönliches Gespräch mit ihrer Freundin Christiane, in dem *er* sehr oft vorkommt.

»Mir ist übel«, sagt Mathilde.

»Schon wieder!«

Und da geschieht das Fürchterliche. Céline, ihre Mutter, ihre eigene Mutter, mit der sie Hand in Hand durch den Garten gegangen ist, mit der sie den ergreifenden Anblick der Sonnenblumen geteilt und Aprikosen gepflückt hat, diese Mutter also, die sie wegen eines gewissen Versprechens für ihre (wenn auch ungeschickte) Mitwisserin, für ihre (wenn auch aufdringliche) Vertraute gehalten hat, diese Céline also plustert sich auf und trompetet:

»Ach ja! Eins hat Mathilde noch gar nicht erzählt. Sie hat einen Liebsten! Remi heißt er. Er ist ein bisschen schüchtern«, sie verbessert sich, »ein bisschen ungezähmt, aber sehr nett!«

Man sagt, dass einem, kurz bevor man stirbt – zum Beispiel bevor man in einer zu hohen Welle ertrinkt oder von der Schaukel fällt –, eine Flut von Gedanken oder Bildern durch den Kopf gehen. Wenn man Lust hat, jemanden umzubringen, muss das wohl genauso sein. Mathilde sieht die unzähligen Möglichkeiten, ihre Mutter umzubringen, vor ihrem inneren Auge vorüberziehen, und sie besitzt eine Vorliebe dafür, sie an Ort und Stelle, am Steuer ihres Autos zu erwürgen, was zur Folge hätte, dass sie allesamt gegen eine Platane knallen würden und sofort tot wären und sie selbst nicht ins Gefängnis käme ...

Christiane, die sich umgedreht hat, muss wohl Mathildes entgeistertes Gesicht gesehen haben. Sie wirft ihr lächelnd eine Kusshand zu und bringt das Gespräch auf Melonen, Pfirsiche und andere Feld-, Wald- und Wiesenthemen.

Aber Bénédicte hat, wenn sie von Neugier geplagt wird, nicht den Stil ihrer Mutter, obwohl sie sich von ihr einkleiden lässt. Ihre blauen Augen sind wachsam. Zwei fragende Augen.

»Wie alt ist Remi?« fragt sie.

Es ist ein bisschen ungerecht, das gibt sie ja zu, aber an irgendjemand muss Mathilde schließlich ihre Wut ablassen: Warum also nicht an Bénédicte?

»Kümmer dich um deinen eigenen Mist!« erwidert Mathilde gehässig.

Das ist zwar nicht sehr fein, aber Mist ist immer gut. Schön beleidigend, und außerdem passt das wunderbar zu Christianes Melonen.

»Aber Mathilde!« protestiert Céline halbherzig, da sie sich vermutlich ihres Vergehens bewusst ist.

Und dann beginnt Mathilde zu schmollen.

Seligkeit des Schmollens ... Schmollen. Grollen. Trübsinn blasen. Missmutknäuel. Trauerkloß. Schneckenhaus der Traurigkeit. Man muss sich so lange darin zurückziehen, bis sich Kummer und Selbstmitleid – ob gerechtfertigt oder nicht – zart entfalten, zu einer Lust werden, als müsse man sich ihnen erst ganz hingeben, ehe sich der Schmerz wie ein Knäuel von selbst abwickelt, leer spult, und die Sache, nachdem sie schrecklich wehgetan hat, schließlich gar nicht mehr wehtut – ganz im Gegenteil.

Seligkeit des Schmollens, die uns vor den anderen und vor uns selbst schützt, uns in eine selbst gewählte Einsamkeit versetzt, die nichts und niemand stören kann.

Aber heute ist Mathilde gar nicht mehr so allein beim Schmollen, beim Grollen in ihrer Trübsinnsblase. Sie schmollt mit Remi. Teilt das Schneckenhaus mit ihm. Das ist ja auch normal, schließlich ist er an allem schuld, schließlich hat er das alles ermöglicht.

Ein perfektes Schmollen, also ein Schmollen, bei dem man fast wie ein Schlafwandler wirkt, macht immer großen Eindruck.

Mathilde hat festgestellt, dass man sie, wenn sie gekonnt schmollt, in Ruhe lässt. Niemand kommt ihr dann zu nahe. Ein Schlafwandler, so sagt man, darf auf keinen Fall geweckt werden. Mit dem Schmollen ist es genauso. Es wird respektiert. Das ist einer der Gründe, warum es sich lohnt, die Sache ein wenig auszudehnen ...

Als sie das Haus erreichen, rast Mathilde mit ihrem Schneckenhaus zum Obstgarten, wo sie sich mit Aprikosen vollstopft, während Céline Bénédicte im Prinzessinnenzimmer unterbringt, ihr den Garten zeigt und vermutlich die Schaukel.

Zum Glück ist es zu spät, um zum Bauernhof zu gehen: Heute Abend zieht sie es bei weitem vor, auf Remi zu verzichten, statt ihn mit jemandem zu teilen. Was morgen ist, wird man ja sehen.

Die Aprikosen und das bevorstehende Abendessen tragen dazu bei, dass Mathilde allmählich die Möglichkeit ins Auge fasst, ihr Schneckenhaus zu verlassen, nachdem sich die letzten Schwaden des Grolls verflüchtigt haben. Der gedeckte Tisch in der Küche tut sein Übriges: Er ist äußerst einladend, die Atmosphäre ansteckend, und außerdem wartet auf Mathildes Teller eine Überraschung auf sie.

Dafür hat Christiane gesorgt ... Ein Sommerkleid aus weißer Spitze und ein Reisenecessaire, das eines richtigen Mädchens würdig ist.

Alle klatschen Beifall.

»Und das habe ich dir mitgebracht!« sagt Bénédicte und hält Mathilde ein Kästchen hin.

»Was ist das?«

»Guck doch rein!«

Mathilde öffnet das Kästchen, während alle schweigend zuschauen ...

Es ist eine hübsche Kette aus glänzenden Perlen mit einer herzförmigen Muschel als Anhänger, die Mathilde an irgendetwas erinnert.

»Hast du die selbst gemacht?« fragt Mathilde bewundernd und bereut ein wenig die Sache mit dem »Mist«.

Bénédicte sagt ja, und Mathilde bereut auch ein wenig, dass sie so eifersüchtig gewesen ist ...

Als kurz darauf die Mütter kommen, um ihnen einen Gutenachtkuss zu geben, liegen die beiden Prinzessinnen wie zwei Schwestern unter ihren weißen Gazeschleiern im Bett.

Céline bleibt einen Augenblick auf dem Bett ihrer Tochter sitzen und fragt: »Bist du mir noch böse?«

»Nein, nein, überhaupt nicht! ...«, erwidert Mathilde und gibt ihr überschwenglich einen Kuss.

Doch als Céline ganz leise die Schlafzimmertür hinter sich schließt, als wolle sie diese zärtliche

Aussöhnung noch bekräftigen, stellt Mathilde betroffen fest, dass sie gerade bei einer ganz wichtigen Sache, die sie mit ihrer Mutter teilt, gelogen hat. Doch, sie ist ihr böse. Sie ist ihr noch immer böse. Sie ist ihr für immer böse.

Ebenso betroffen begreift sie, dass es Formen des Grolls gibt, die sich nicht im Inneren eines Schneckenhauses wie ein Knäuel von selbst abwickeln. Und dass Schmollen, Grollen, Trübsinn blasen kleinen Mädchen wohl durchaus angemessen ist, aber nur dann, wenn sie noch keinen Remi kennen gelernt haben.

Doch das Seltsamste an der Sache ist, dass diese Lüge, die ihr Kummer bereiten müsste, ihr gar nichts ausmacht, nicht das Geringste ...

»Bénédicte, schläfst du?«

»Nein.«

»Willst du wissen, wie das mit Remi ist?«

»Ja.«

Und da erzählt Mathilde von den kantigen Fingernägeln, dem leichten Hauch im Nacken, wenn Remi hinter ihr ist, und von den miteinander verschmelzenden Blicken, wenn er über ihr ist. Sie erzählt vom doppelten Luftsprung auf dem Traktor und auf der Schaukel.

»Wie schön!« sagt Bénédicte und fügt hinzu: »Dann habe ich es ja mit dem Muschelherzen an der Kette richtig getroffen!«

Die weißen Gazeschleier der beiden großen Betten wallen in der warmen Brise, die durch das halb geöffnete Fenster in das Zimmer dringt.

»Ja, genau richtig! ...«

So sehr Mathilde sich auch bemüht, sie kommt nicht darauf, woran sie diese Muschel erinnert ...

»Was ist denn das für ein Lärm draußen?« fragt Mathilde kurz vor dem Einschlafen.

»Das sind die Grillen«, erklärt Bénédicte, deren großes Wissen und deren Reife Mathilde heute Abend nicht stören. »Sie zirpen nachts im Sommer, wenn die Zikaden schlafen.«

Mathilde findet, dass im Land der Sonnenblumen ungemein viel gezirpt und gesungen wird.

Alles ist beim Frühstück beschlossen worden, zwischen Bénédictes halbem Zwieback und Mathildes sechs Marmeladenbroten.

Heute ist Markt: Die ideale Gelegenheit für einen diskreten Besuch auf dem Bauernhof, denn aus unterschiedlichen Gründen halten es die beiden Mädchen vor Ungeduld nicht mehr aus, sie wollen Remi sehen.

Sie haben sich darauf geeinigt, was sie anziehen: beide das gleiche. Mathilde hat hartnäckig darauf bestanden: Jeans, T-Shirt, Turnschuhe und das Haar zum Pferdeschwanz gebunden, denn Bénédictes übertriebene Eleganz stellt weiterhin eine Gefahr dar ...

Nein! Nein! Sie haben keine Lust, auf den Markt mitzukommen! Doch! Doch! Sie können wirklich gut allein bleiben! ...

Noch nie haben Céline und Christiane so lange gebraucht, um sich fertig zu machen. Sie trödeln mit sichtlichem Vergnügen, brechen erst nach mehreren Anläufen auf, so dass es schon fast Mittag ist, als sich das Auto endlich entfernt.

Die Nerven sind aufs Äußerste gespannt.

»Auf geht's!« ruft Mathilde.

Sie laufen durch den Garten, ohne sich bei den verschiedenen Kostbarkeiten aufzuhalten: dem leeren Kaninchenstall, dem Brunnen, der Schubkarre, der Hundehütte ...

Vor der Schaukel: Halt. Eine Gedenkminute. Dann stehen sie vor dem Gatter, das sie nur noch aufzustoßen brauchen.

Schon wieder die Verzückung vor dem absoluten Gelb. Und wieder der Eindruck, dass all die Blumen Mathilde den Kopf zuwenden, sie anstarren und mit ihr sprechen, so dass sie sich einfach nicht mehr rühren kann.

»Was ist denn mit dir los?« sagt Bénédicte.

»Ist dir nicht schwindlig?« fragt Mathilde.

»Nein, warum?«

Warum? Unglaublich: Bénédicte spürt und hört einfach nichts. Hat sie etwa schon jemals solche Sonnenblumen gesehen, die so schön sind, dass man sie unmöglich malen kann, und die aus unzähligen strahlenden Mündern alle durcheinander schreien, so dass man sie unmöglich verstehen kann? Das kommt davon, wenn man so gut wie nichts isst (einen lächerlichen halben Zwieback zum Frühstück): Man wird unempfindlich. Mathilde findet es schade, dass Bénédicte den Sonnenblumen gegenüber so gleichgültig bleibt. Das ist beunruhigend. Das ist beunruhigend wegen Remi. Ob sie ihn denn wenigstens richtig sieht, sich ihm gegenüber nicht so gleichgültig verhält? ...

»Warum?« wiederholt Bénédicte.

»Ach nur so. Nur so ... Lass uns gehen. Siehst du den Hof da unten? Das ist er.«

Es rührt sie, wenn sie sich Remi unter dem ockerfarbenen Dach vorstellt, Remi, der nicht weiß, dass sie zu ihm kommt ...

Als sie den Hof erreichen, empfängt Madame Fougerolles sie ohne große Begeisterung, auch wenn sie Mathilde freundlich die Wange tätschelt: Es ist der unpassendste Moment! Es ist noch ein Haufen Arbeit zu tun! Die Kaninchen haben noch nichts zu fressen gekriegt! Und das Mittagessen ist noch nicht fertig!

Monsieur Fougerolles taucht mit erloschener Pfeife, aber keinesfalls erloschenem Blick auf und sagt: »Wenn ihr den Remi sucht, der ist bei den Ziegen ... Du weißt ja, wo das ist!« sagt er verschmitzt zu Mathilde, die sich durchschaut vorkommt.

Aber als sie darüber nachdenkt, fragt sie sich, ob er das »du weißt ja, wo das ist« wegen Remi und ihr gesagt hat oder ob auch er, genau wie sie, den Eindruck hat, dass sie schon mal irgendwann auf diesem Hof gewesen ist, diesem Hof, der ihr so seltsam vertraut vorkommt. Außerdem dürfte ein Mann, der seine Pfeife raucht, ohne sie jemals anzuzünden, eine ganze Menge Dinge wissen! ...

Als sie um den Hof herumgehen, sehen sie also die Scheune und den alten Traktor, der auf gebührende Weise begrüßt wird. Der Ziegenpferch ist gleich nebenan …

Unzählige widersprüchliche Ängste bestürmen Mathilde. Bange Fragen, die alle mit »Und wenn?« beginnen, stechen ihr ins Herz wie ein gespitzter Buntstift.

Wenn es zu viele »Und wenn?« gibt, ist das vielleicht ein Zeichen dafür, dass sie besser nicht hergekommen wäre, aber dafür ist es nun zu spät: Sie ist da mit einer Bénédicte, die vor Neugier platzt.

Es sind viel mehr Ziegen da als neulich abends, und die beiden Mädchen gehen vorsichtig mitten durch die Herde. Manche Ziegen haben eine Glocke um den Hals hängen. Mathilde meint, dass es wohl ein Vorrecht sein muss, bei jeder Kopfbewegung zu bimmeln und diese blendend weiße Schar zu dirigieren, von der ein scharfer Geruch ausgeht, der sie ein bisschen an den Duft des Frischkäses erinnert, der aber außerdem von eindrucksvollen Mengen Ziegendreck aufzusteigen scheint, in dem die Tiere fröhlich herumstapfen.

Mathilde findet diese Mischung aus Weiß und Schmutz, dieses Durcheinander aus Tiergerüchen und -geräuschen berauschend.

Schon wieder sagt sie sich, dass sie eigentlich nichts dagegen hätte, eine Ziege zu sein. Aber Bénédicte beginnt hinter ihr zu murren. Sie scheint überhaupt nicht berauscht zu sein (man muss allerdings dazu sagen, dass sie Frischkäse verabscheut) und kann die Augen nicht von ihren neuen Turnschuhen lösen, die inzwischen reichlich verschmutzt sind.

»Wo ist er denn bloß, dein Remi?« fragt sie ziemlich gereizt.

»Dein Remi« ... Mathilde lächelt: Das stimmt schon, das ist wirklich ihr Remi.

»Was weiß ich? Der muss hier irgendwo sein!«

Das Irgendwo nimmt schließlich deutlichere Formen an: Hinter der verdreckten, die durch die lange Anwesenheit der beiden Mädchen in ihrer Mitte nervös gewordenen Herde ist Remi schließlich zu sehen, ihr Remi, der auf einer großen verrosteten Öltonne sitzt und zusieht, wie sie näher kommen.

Er trägt seine viel zu große Matrosenbluse, hat völlig zerzaustes Haar und macht einen ausgesprochen spöttischen Eindruck. Er muss wohl schon seit einer ganzen Weile zugesehen haben, wie sich die beiden durch die Ziegenherde schlängelten, ohne dass er einen Ton gesagt hat.

»Du hättest uns aber wirklich helfen können!« sagt Mathilde zutiefst enttäuscht.

Sie ist nicht enttäuscht, weil er ihnen nicht geholfen hat, sondern weil sie ihn lieber in einem anderen Hemd gesehen hätte, einem Hemd in seiner Größe, und vor allem besser gekämmt und in einer etwas ansprechenderen Aufmachung, in der er vorteilhafter aussieht. Damit Bénédicte vor Neid platzt! Denn Bénédicte, das ist ja klar, hat viel erwartet, und jetzt ist es möglich, dass sie überhaupt nichts mehr erwartet, wenn man sieht, was sie für ein Gesicht macht und wie sie ihre Schuhsohlen angewidert mit einem Stock säubert und dabei Remi von unten herauf ansieht, als lege sie keinen Wert darauf, ihm die Hand zu geben, was man im allgemeinen in solchen Fällen tut, wenn man den Freund einer Freundin trifft!

Sie ist enttäuscht, weil sie statt dieser spöttischen Miene viel lieber einen Remi in heller Aufregung gesehen hätte, der den Kopf verliert, die Fassung, die Nerven und völlig durchdreht, und Bénédicte die Umwerfende, die, von all dieser Erregung umgeworfen, »Wie schön!« sagt, so wie gestern Abend, als die Grillen zirpten und zuhörten, wie Mathilde erzählte.

»Warum kommste her, Thilde?« fragt Remi immer noch spöttisch, ohne sich von der verrosteten Öltonne zu rühren, und streichelt dabei eine formlose Masse aus grauen Haaren, die Mathilde noch nicht bemerkt hatte, die sie aber wie das Muschelherz, das Bénédicte ihr geschenkt hat, an irgendetwas erinnert.

Gute Frage, allerdings. Warum ist sie bloß hergekommen, die Thilde? Das fragt sich Mathilde, die nicht mehr weiß, ob sie noch seine Thilde sein will, ganz bitter.

Zu ihrer großen Überraschung gibt Bénédicte die Anwort und legt dabei großen Nachdruck auf den

Imperfekt, den sie in der Schule für die Großen eingeübt haben muss: »Sie ist gekommen, weil sie Lust dazu hatte und weil auch ich Lust dazu hatte!«

Bénédicte bringt diesen Satz auf völlig verblüffende Weise hervor, was beweist, dass sich ihre Eleganz nicht nur auf die Kleidung beschränkt. Mathildes Selbstbewusstsein ist wiederhergestellt.

Remi sieht man an, dass der Schlag gesessen hat. Er wendet sich Bénédicte zu. Abmessen ... Zirkel. Winkeldreieck. Lineal. Pauspapier. Kohlepapier. Millimeterpapier: eine vollständige Begutachtung.

Mathilde ist nicht sonderlich erfreut darüber, dass Remi ihre Freundin auf die gleiche Weise berechnet wie sie, ehe er sie aufgefordert hat, auf den Traktor zu steigen. Sie möchte nicht, dass das zu einem ähnlichen Vorschlag führt.

Bénédicte lässt sich nicht einschüchtern, ist großartig. Sie geht noch einen Schritt weiter und schlägt mit ihrer eigenen Ausrüstung zurück (sie ist nicht umsonst die Tochter einer Modeschöpferin): Schere. Zentimetermaß. Nadel. Faden. Fingerhut. Nähmaschine.

Am Ende fragt man sich, wer wen misst, wer sich womit misst, aber für Mathilde dauert dieser Augenblick, von dem eine Entscheidung abhängt, die von nirgendwoher kommt, eine Ewigkeit.

Schließlich gibt Remi nach. Mit dem verführerischsten Lächeln, das zugleich den fehlenden

Zahn erkennen lässt, wendet er sich wieder Mathilde zu und sagt zu ihr: »Ich mag dich gern in Jeans, aber noch lieber mag ich dich in dem gepunkteten Kleid!«

Sie weiß nicht, was Bénédicte in den folgenden Sekunden tun wird, weiß nicht einmal, ob Bénédicte überhaupt noch auf der Welt ist, denn in ihrer Welt sind sie nur noch zu zweit, sie beide, sie beide ganz allein. Sie beide, die sich ansehen. Die wieder einen Luftsprung machen, im Hin und Her des Rausches, aber ohne Traktor, ohne Schaukel, nur von der Kraft der Blicke hochgehoben.

Als Mathilde wieder festen Boden unter sich hat, spürt sie etwas Feuchtes, Sanftes, das ihr die Hand leckt: Die Masse aus grauen Haaren hat einen Kopf, zwei Augen, eine Zunge.

»Das ist Léon!« sagt Remi und springt von der Tonne.

»Äh ... Und das ist Bénédicte«, erwidert Mathilde und zeigt dabei auf ihre Freundin. »Sie ist meine beste Freundin!« fügt sie hinzu und fühlt sich ein bisschen schuldig, weil sie Bénédicte völlig vergessen hat.

Mathilde findet, dass Léon ein komischer Name für einen Hund ist, aber noch seltsamer findet sie die Ähnlichkeit zwischen Léon und dem Hund von Félix, Großmamas Verlobtem.

Sogar die Art, wie er ihr die Hand leckt, erkennt sie wieder, das könnte sie schwören ... Dabei ist der Hund von Félix tot. Sie erinnert sich noch, wie traurig sie im letzten Frühjahr war, als er starb.

Bénédicte und Remi mustern sich weiterhin, aber ohne ihre Instrumente. Mathilde weiß nicht so recht, was sie sagen soll, nachdem sie nun alle drei da sind, im Ziegendreck stehen und die gegenseitige Vorstellung beendet ist.

Die Bäuerin, die auf der anderen Seite des Pferchs auftaucht, führt schließlich die Entscheidung herbei: »He! Du Schlot! Gib lieber den Karnickeln was zu fressen, statt hier den starken Mann zu markieren!«

Mathilde hat den Eindruck, dass Remi unter seiner Honigkuchenbräune errötet. Mathilde wäre an seiner Stelle auch rot geworden. Bauern sind noch schlimmer als Mütter, was das Taktgefühl angeht.

»Na gut ... also ... dann muss ich wohl gehen!« stottert besagter starker Mann.

Niemand wagt mehr irgendwen anzusehen.

»Komm, Léon!« sagt er zu dem Hund, der die Gesellschaft der Mädchen zu schätzen scheint und sie zufrieden beschnuppert. Gefolgt von Léon entfernt sich Remi, ohne sich ein einziges Mal umzudrehen ...

Bénédicte und Mathilde blicken hinter ihm her, ohne ein Wort zu sagen. Ein Glück, denn was Mathilde jetzt sagen könnte, wären ganz schreckliche Dinge, gegen die sie machtlos ist. Dass er für immer weggegangen ist. Dass sie ihn nie wieder sieht.

Dass er mitten in der Nacht stirbt, wie der Hund von Félix, und dass sie ihm nicht mal auf Wiedersehen gesagt hat ...

Remi und Léon sind hinter der Scheune verschwunden.

»Was machst du denn für ein Gesicht! Er geht doch nicht für immer weg!«

Das Gute an Bénédicte ist, dass sie keinerlei Phantasie hat. Sie sieht die Dinge immer so, wie sie sind, haargenau so, wie sie sind. Manchmal ist das schade, zum Beispiel mit den Sonnenblumen, die keinerlei Eindruck auf sie machen, nicht mal den geringsten Taumel hervorrufen, aber manchmal ist das auch ein Vorteil. Das ist beruhigend. Die Unempfindlichkeit hat ihre Vorteile, besonders wenn man jemanden weggehen sieht, den man nicht weggehen sehen möchte.

Mathilde fragt sich, ob sie nicht gut daran täte, etwas unempfindlicher zu werden, vielleicht indem sie wie Bénédicte die Anzahl der Marmeladenbrote beim Frühstück verringerte oder auf die Bahlsen-Kekse verzichtete, was nicht so einfach wäre ...

Sie kehren wortlos nach Hause zurück und pflücken unterwegs im Obstgarten Aprikosen, denen Mathilde jedoch standhaft widersteht. Sie begnügt sich damit, sie in einen Korb zu legen, der dort eigens dafür steht.

Weder die eine noch die andere wagen, den ersten Schritt zu tun, das erste Wort zu sagen.

Mathilde brennt vor Ungeduld, Bénédictes Meinung über Remi zu hören, und zugleich fürchtet sie sich davor, denn Bénédictes Urteil ist unwiderruflich, endgültig: So ist sie nun mal.

Gerade als sie das Haus erreichen, kommen Christiane und Céline mit dem Auto zurück.

Jetzt oder nie. Mathilde, an ihre blaue Schwimmweste geklammert, bleibt nicht einmal genug Zeit, sich die Welle auszusuchen. Die Sturzsee, die auf sie zukommt, ist die einzig mögliche. Die muss sie nehmen, selbst wenn sie mit ihr zerschellen sollte.

Mund zu. Augen zu. Nur die Ohren für das Urteil aufgesperrt. Schnell. Schnell.

»Nun sag schon!« stößt Mathilde hervor, bis zur Hüfte im Wasser, während sie von einer seltsamen Kraft in die Tiefe gezogen wird und über ihr die schäumende Gischtwelle nur darauf wartet, sie unter sich zu begraben.

Sie spürt, wie sie in die Höhe gerissen wird ...

»Ich weiß nicht recht! ...«, erwidert Bénédicte.

Die Welle ist vorübergerollt. Mathilde hört, wie sie sich hinter ihr mit lautem Tosen bricht.

»Was soll das heißen, du weißt nicht recht?«

Ein Mädchen, das immer alles weiß und auf einmal sagt »Ich weiß nicht recht«, das ist doch nicht zu fassen!

»Irgendwie gefällt er mir und irgendwie auch nicht«, erklärt Bénédicte ziemlich verdutzt über ihre eigene Unsicherheit.

Nach dem Sturm auf hoher See, der hohen Brandung, nun die Lawine der Mütter: Küsse und Vorräte. Mathilde packt alle Pakete aus und ist enttäuscht. Sie hatte auf eine kleine Überraschung gehofft, die nicht da ist.

Ja! Ja! Sie sind brav gewesen! Nein! Nein! Sie haben keine Angst gehabt, so ganz allein!

NACHDEM SIE ANFANGS nur so getan hat – ziemlich schlecht im Übrigen –, ist Bénédicte wirklich eingeschlafen. Selbst im Dunkeln, selbst bei dem Versuch, ihre Müdigkeit auszunutzen, ist es Mathilde nicht gelungen, weitere Einzelheiten aus ihrer besten Freundin herauszubekommen, so dass sie sich schließlich fragt, ob Bénédicte wirklich noch ihre beste Freundin ist, denn man kann doch niemanden in einer solchen Ungewissheit lassen, das muss sie doch verstehen! Kurz gesagt, Mathilde weiß noch immer nicht, was Bénédicte an Remi gefällt und was nicht. Das ist ärgerlich, äußerst ärgerlich, und zwar aus dem einfachen Grund, weil Mathilde es selbst nicht weiß. Auch sie ist geteilter Meinung. Es gibt Dinge, die sie an Remi mag, und andere, die sie nicht mag, und die schreckliche Frage, die sie sich stellt, ist folgende: Hat man das Recht, wenn man jemanden liebt, gewisse Dinge an ihm nicht zu lieben?

Manchmal ist das kein Problem. Zum Beispiel, wenn ihr gewisse Dinge an ihrer Mutter oder an ihrem Vater nicht gefallen, dann zweifelt sie trotzdem nicht daran, dass sie sie liebt, aber bei einem Jungen, der sie Luftsprünge machen lässt, einschließlich solcher, bei denen man nicht vom Boden abhebt, ist es da genauso?

Mathilde hätte auch gern gewusst, ob das, was Bénédicte nicht gefällt, genau das ist, was auch ihr nicht gefällt, um vergleichen zu können, um den Unterschied zu sehen zwischen einem Mädchen, das Luftsprünge gemacht, und einem, das keine Luftsprünge gemacht hat.

Nachmittags in der Bambushütte, die sie sich als Haus für sich einrichten wollen, hat Mathilde mehrmals versucht, eine klare Antwort von Bénédicte zu bekommen: vergeblich. Sie ist ebenso halsstarrig, wenn sie etwas nicht weiß, wie wenn sie etwas weiß.

Außerdem versetzt Mathilde der Gedanke, dass Bénédicte irgendetwas an Remi nicht gefällt, in Wut, und der Gedanke, dass ihr etwas an ihm gefällt, macht sie ein bisschen eifersüchtig.

Selbst über den fehlenden Zahn hat Bénédicte nichts sagen wollen, ein Punkt, der bei Mathilde große Unsicherheit auslöst, denn sie findet diesen fehlenden Zahn ziemlich lächerlich und zugleich sehr hübsch ...

Bénédicte schläft jetzt, und Mathilde liegt mit offenen Augen da, während ihr die Fragen, auf die sie keine Antwort weiß, durch den Kopf gehen und die Grillen in der Leere zirpen.

Was macht Remi wohl in diesem Augenblick? Liegt auch er im Bett und denkt an sie, so wie sie an ihn? Und wo ist sein Bett? An welcher Stelle des Bauernhofs? Und wenn ...? Und schon geht es wieder los mit dem »Und wenn?«! Ohne das ewige »Und wenn?«, das ist ihr völlig klar, wäre sie eine andere Mathilde, dann wäre sie viel ruhiger und schliefe schon, wie Bénédicte. Sie scheint kein einziges »Und wenn?« zu kennen, die Bénédicte.

Das »Und wenn?«, das ihr durch den Kopf geht, lässt sie erstarren.

Und wenn Remi ... wenn es Dinge gibt, die er an Mathilde nicht mag?

Hat er nicht gesagt, dass er sie in ihrem gepunkteten Kleid lieber mag? ... Er hat also Vorlieben, und wenn man Vorlieben hat, dann heißt das, dass es Dinge gibt, die man mag, und andere, die man nicht so sehr mag, vielleicht sogar überhaupt nicht mag, wer weiß ...?

Auf einmal ist ihr heiß. Sie stößt die Bettdecke zurück und zugleich das ewige »Und wenn?«. Trampelt mit beiden Füßen wütend darauf herum.

Also, noch mehr darauf achten, was sie anzieht. Daran denken, dass Remi eine Vorliebe für Kleider hat. Nicht das Risiko eingehen, ihm zu missfallen. Notfalls ihn jedes Mal fragen, auch wenn er sich keinerlei Mühe gibt, aber er hat eben eine Entschuldigung: Er ist ein Junge, außerdem haben sie vielleicht bei der Fürsorge für Kinder, deren Eltern nie wiederkommen, nur Matrosenblusen und Turnanzüge.

Mathilde richtet sich in ihrem Bett auf. Unter ihrem großen Gazeschleier wirkt Bénédicte wie eine Gestalt aus einem Bilderbuch. Fast wie Dornröschen. Das Prinzessinnenbett passt besser zu ihr als zu Mathilde, das stimmt zwar, aber den Prinzen hat Mathilde. Was hat sie für ein Glück gehabt, dass sie als erste da war, denn sonst ...

Jetzt besteht die Schwierigkeit darin, ihn für sich allein zu behalten, ihn nicht immer mit jemandem teilen zu müssen, weder mit Bénédicte noch mit sonst jemandem.

In der Bambushütte hat Bénédicte so getan, als zähle die Begegnung mit Remi überhaupt nicht, als würde das nichts an ihren Gewohnheiten ändern. Sie hat gar nichts begriffen: In der Hütte zu spielen macht zwar Spaß, das stimmt schon, aber das ist eben nur ein Spiel, das tun sie nur zum Spaß. Mit Remi ist die Sache anders, das ist ernst.

Sie muss Bénédicte unbedingt sagen, dass das mit Remi ernst ist!

Ganz aufgeregt steht Mathilde auf. Zum Glück fällt das Mondlicht durch die halb geschlossenen Fensterläden in das Zimmer, so dass sie ohne Mühe den Lichtschalter finden kann. Das grelle Licht der Deckenlampe zwingt sie, die Augen zusammenzukneifen ...

»Was machst du denn um diese Zeit noch hier?«

Céline zeichnet sich riesengroß im Türrahmen ab.

»Äh ... Nichts ... Ich wollte Bénédicte nur was sagen. Ich habe ihr was zu sagen ...«

»Na hör mal, mein Schatz! Bénédicte schläft, und du solltest dasselbe tun! Los, schnell ins Bett!«

Widerwillig lässt sich Mathilde wieder ins Bett bringen.

»Ich kann nicht schlafen ...«

Das ist ein Satz, der durch zu häufigen Gebrauch abgedroschen klingt, eine Klage, der ihre Mutter, auch wenn sie sie hört, schon seit langem kein Gehör mehr schenkt, auf die sie ohne nachzudenken mit den ewig gleichen ermunternden Worten reagiert, weil irgendeine Antwort ja nötig ist.

»Doch, doch! Du schläfst bestimmt gleich ein!«

Aber heute Abend genügt diese Antwort nicht. Auch sie klingt abgedroschen. Mathilde braucht eine andere, eine neue Antwort, eine, die der Situation entspricht und die nötige Kraft besitzt, denn die Sache mit Remi ist ernst, und dass sie nicht schlafen kann, auch das ist ernst.

Es ist nichts Neues, dass ihre Mutter die Bedeutung der Dinge nicht richtig erkennt. Als der Hund von Félix, dem Verlobten von Großmama, starb, hat sie Mathildes Kummer auch nicht richtig erkannt. Mathilde hat mehrere Nächte ganz allein mit diesem Kummer unter der Bettdecke zubringen müssen, und Céline hat sie sogar noch damit zugedeckt, ohne es zu merken. Es ist nicht leicht, mit einem toten Hund im Bett zu schlafen.

Alle ihre Freundinnen haben mit ihren Müttern die gleiche Erfahrung gemacht. Dabei kann sich Mathilde gar nicht mal allzu sehr über Céline beklagen. Nur wenn *er* nicht oft genug oder zu oft nach Hause kommt, passiert es, dass ihre Mutter die Bedeutung der Dinge nicht richtig erkennt. In der übrigen Zeit ist sie gar nicht so kurzsichtig ...

Widerwillig lässt sich Mathilde zudecken.

Heute Nacht liegt sie nicht mit Kummer im Bett, sondern mit viel zu vielen großen Fragen, so dass sie sich ernsthaft überlegt, ob sie nicht ein bisschen zu klein für so große Fragen ist. Und Bénédicte lässt sie mal wieder im Stich, tut so, als schliefe sie, statt ihr zu Hilfe zu eilen, und wacht nicht mal auf, wenn das Licht angeht!

Céline macht ein Gesicht wie jemand, der will, dass sein Kind sofort einschläft und damit basta jetzt reicht's ich habe was anderes zu tun.

Es ist keine Nacht, um sich Geheimnisse anzuvertrauen. Keine Nacht für Herzensergüsse. Sind Herzensergüsse im Übrigen überhaupt noch möglich mit einer Mutter – und werden sie es je wieder sein? –, die keinen Unterschied macht zwischen »im Spaß« und »im Ernst« und die mit den Geheimnissen ihrer Tochter angibt: »Ach ja! Eins hat Mathilde noch gar nicht erzählt. Sie hat einen Liebsten! Remi heißt er!« ...

Widerwillig lässt sich Mathilde einen Kuss geben.

Eine Sache, die beherrscht Mathilde perfekt, wenn sie in Wut ist, sie kann diese Wut in pieksende Rache verwandeln, sie so zuspitzen, wie sie ihre Buntstifte spitzt, ohne dabei die Mine abzubrechen.

»Du hast was vergessen!« sagt Mathilde in dem Augenblick, da Céline das Licht ausknipst.

Die Buntstiftspitze glänzt in der Dunkelheit.

»Was denn? Was habe ich vergessen?« erwidert Céline ein wenig verwirrt, denn sie weiß genau, dass sie manchmal etwas vergisst. Erst verspricht sie es, dann vergisst sie es.

»Du hast mein Fläschchen Lavendel vergessen!«

Der Stich einer Buntstiftspitze ist nicht tödlich, aber er tut sehr weh, wie eine Nadel, die ins Herz gestochen wird.

»Ach ja! Richtig! Du hast völlig Recht!« Céline ist sichtlich betroffen. »Das tut mir aber leid, mein Schatz! Wirklich! ... Beim nächsten Mal denke ich daran! Das verspreche ich dir!«

Das saß! Auch wenn es nichts Besonderes ist, aber immerhin ...

Die Tür zum Schlafzimmer schließt sich. Mathilde zieht die Bettdecke bis ans Kinn.

Sie ist zufrieden. Aber nicht lange. Eine noch größere Frage kriecht schon unter dem Laken hervor: »Und wenn Remi gar nicht ihr Liebster ist?«

Die Hütte nimmt Form an. Mathilde hat die gröbsten Arbeiten erledigt, reinen Tisch gemacht. Nicht eine einzige Schaufel oder Harke, nicht eine einzige Gießkanne oder Trittleiter hat ihrem Eifer widerstanden. Bénédicte, die über diese vermeintliche Begeisterung entzückt ist, hat nicht begriffen, dass Mathildes übertriebener Eifer ihrer Qual und ihrer Wut entspringt, in die sie der Zweifel versetzt.

Die größte aller großen Fragen ist noch immer ohne Antwort geblieben. Von all den »Und wenn?«, die sie Tag und Nacht verfolgen, ist diese Frage bei weitem die quälendste, die sich am wenigsten mit jemandem teilen lässt.

Nur Remi könnte der Marter ein Ende setzen, und er ist der einzige, der nicht da ist.

Dabei hatte alles so gut angefangen ...

Es war nicht schwer gewesen, die Mütter von der Notwendigkeit zu überzeugen, Eier und Käse zu holen, und so hatten sie sich zu viert fröhlich auf den Weg zum Bauernhof gemacht.

Um sich eine zu große Gemütsbewegung zu ersparen, hatte Mathilde darauf bestanden, den Weg durch den Obstgarten zu nehmen und nicht den, der an den Sonnenblumen entlangführt.

Niemand hatte ein Wort über das gepunktete Kleid verloren, die einzige Aufmachung, die ihrer Meinung nach geeignet war, der Ungewissheit ein Ende zu setzen, die so quälend geworden war, dass Mathilde letztlich die Anwesenheit der anderen nichts ausmachte; und vor lauter Sorge hatte sie nicht einmal bemerkt, dass Bénédicte sich ebenfalls in Schale geworfen hatte.

Léon hatte ihr als erster einen überschwänglichen Empfang bereitet, und ihre Hände waren mit genau den gleichen feuchten Küssen überschüttet worden, wie sie es von Félix' Hund kannte.

Madame Fougerolles, die sich über diesen Besuch geschmeichelt fühlte, hatte sogar ihre raue Art abgelegt. Doch alles trübte sich entschieden, als sie lächelnd und völlig arglos folgenden mörderischen Satz sagte: »Schade, dass der Vater Fougerolles nicht da ist, um Ihnen guten Tag zu sagen! Er ist mit dem Remi in der Stadt!«

Auch wenn ein nadelspitz gespitzter Buntstift nicht tödlich ist, sind tausend, zehntausend, hunderttausend nadelspitz gespitzte Buntstifte außerordentlich gefährlich für das Herz eines kleinen Mädchens. Um nicht zu sagen, tödlich.

Madame Fougerolles, Céline, Christiane, Bénédicte, alle wandten sich zu ihr um. Die gleiche betrübte Miene. Der gleiche mitfühlende Ausdruck.

Mathilde hasste dieses Mitleid, und das Abendessen, das darauf folgte, hasste sie ebenfalls, ganz zu schweigen von dem Fläschchen Lavendel, das wie durch Zufall im schlimmsten Augenblick unter der Serviette auf ihrem Teller lag ...

Den Gnadenstoß gab ihr Bénédicte beim Zubettgehen: »Wenn du willst, sag ich dir, was mir an Remi gefällt und was nicht«, schlug sie süßlich vor.

»Ist nicht nötig! Außerdem ist mir das völlig egal!« erwiderte Mathilde, aber ohne Wut, ganz von oben herab, und genoss dabei ihre Rache und fühlte sich weniger tot als auf dem Bauernhof, was beweist, dass man, wenn man tot ist, mehr oder weniger tot sein kann.

Diesmal kam Christiane, um sie zuzudecken. Sie tat nicht so, als habe sie nichts bemerkt – man muss allerdings dazu sagen, dass Mathildes gewaltiger Kummer eine ganz dicke Beule machte –, aber sie schlug endlich einen normalen Ton an, nicht den üblichen mütterlichen Ton, um sie zu beruhigen: »Mach dir keine Sorgen, Mathilde. Dein Freund kommt wieder. Da bin ich mir ganz sicher.«

Mathilde ist ganz schnell mit dieser Sicherheit eingeschlafen, obwohl Bénédicte, sichtbar von Schlaflosigkeit bedroht, sehr unruhig war. Jeden trifft es einmal. Und außerdem gefiel ihr das Wort »Freund«. Ein wunderschönes Wort voller Takt. Die Mütter anderer Kinder sind selten enttäuschend. Man müsste die Mutter wechseln können. Nicht für immer natürlich, aber wenigstens ab und zu. Bénédicte geht es genauso. Vielleicht hätte Céline heute

Abend den Satz zu ihr gesagt, der sie beruhigt hätte, um einschlafen zu können ...

Die Hütte nimmt Form an, aber am nächsten Morgen ist die Unruhe wieder da. Und die Qual.

Schaufeln, Harken, Gießkannen und Trittleitern können ein Lied davon singen.

Mathilde ist völlig klar, dass jede ihrer Gesten Remi zugedacht ist. Für ihn vor allem macht sie die Hütte fertig. Immer wieder wandern ihre Augen zu dem Pfad, der zu den Sonnenblumen und dem Bauernhof führt. Bénédicte, der nichts entgeht, begreift schließlich, was los ist: »Warum gehst du nicht hin?« ruft sie ein bisschen ärgerlich.

Mathilde schüttelt den Kopf: Das Nein gilt ihrer Ungeduld, auch wenn sie eigentlich ja sagen möchte.

Jetzt ist Remi an der Reihe, jetzt muss er etwas von sich hören lassen. Sie hat das Hin getan. Das Her muss er jetzt tun, auch wenn sie sich – im Gegensatz zur Schaukel – zwischen dem Hin und Her an nichts mehr festhalten kann, auch wenn die beiden olivfarbenen Augen nicht mehr da sind, um ihr Halt zu geben, und der Luftsprung gefährlich wird.

Mathilde sitzt erschöpft mitten in der leeren Hütte und wartet auf Bénédicte, die ins Haus gegangen ist, um Wasser zu holen.

Der Staub, ockerfarben wie das Dach des Bauernhofs, klebt ihr in den Haaren, auf der schweißnassen Haut von Armen und Beinen.

Es sieht fast so aus, als habe sie mit der Erde, der ganzen Erde der Provence gekämpft. Ein verbissener Kampf zwischen Ja und Nein. Zwischen Hin und Her.

Die kokette Mathilde, die adrette Mathilde ist ockergelb.

Sie spürt, wie sie in dieser neuen Erde ein Stück wächst.

Liegt es daran, dass sie gewachsen ist? Das »Und wenn?« verfolgt Mathilde auf einmal nicht mehr. Es interessiert sie nicht mehr so. Wie ein Bahlsen-Keks, dessen vier Ecken von jemand anders abgeknabbert worden sind.

Sie hat das Ausbleiben der Antwort auf ihre Art gelöst.

Der Umstand, dass sie nicht weiß, ob Remi ihr Liebster ist, also die Tatsache, dass sie nicht aus seinem Mund den untrüglichen Beweis dafür bekommen hat, erlaubt ihr jetzt anzunehmen, dass Remi es ist, und das beruhigt sie auf einmal. Normalerweise geht das ganz anders vor sich. Wenn sie Lust auf irgendetwas hat, wird die Lust immer größer, bis es zur Krise, zum Knall kommt, und dann muss sie die Antwort – egal, ob gut oder schlecht – unmittelbar nach dem Knall erhalten.

Auf diese Weise hat sie es zum Beispiel erreicht, nach Disneyland zu fahren. Und auf diese Weise hat sie es nicht erreicht, einen eigenen Fernseher zu bekommen, um ihn in ihr Zimmer zu stellen, und das nicht mal, um abends fernzusehen, sondern bloß zur Dekoration.

Mit Remi ist die Sache ganz anders. Sie will gern

ihr ganzes Leben auf eine Antwort warten, denn sie hat sie schon. Außerdem ist es ein Vorteil, so findet sie, dass sie das Hin gemacht hat, und möchte nicht an Remis Stelle sein, der gezwungen ist, das Her zu machen.

Und auf einmal kann sie wieder alle möglichen schönen Dinge genießen. Zu ihrer eigenen Überraschung findet sie sogar wieder Geschmack am Schmusen – ohne dass es ihr Selbstbewusstsein allzu sehr in Frage stellt und ohne dass sie es als Rückschritt oder irgend so etwas ansieht. Vor allem am Zu-Bett-gehen-Schmusen, das interessanter ist als die anderen, um sich gegen die Nacht und die mögliche Gefahr von neuen Beulen unter der Bettdecke zu wappnen.

Natürlich ist Bénédicte ihre beste Freundin. Bénédicte führt Mathilde in die knifflige Kunst des Perlenaufziehens ein, und sie macht Bénédicte mit dem Bemalen von Kieselsteinen vertraut. Gemeinsam haben sie ein Himmel-und-Hölle-Spiel erfunden – ganz aus bemalten, in die Erde eingelassenen Steinen –, das so schön ist, dass Christiane es fotografiert hat. Mathilde hat vorgeschlagen, *ihm* ein Foto davon zu schicken, und ihre Mutter hat mit herabgezogenem Mund, mit traurigem Mund ja gesagt.

Das Hin und Her scheint auch ihrer Mutter Schwierigkeiten zu bereiten.

Vielleicht hat *er* sie zu oft das Hin allein machen lassen.

Mathilde hat jedenfalls nicht die Absicht, mit Remi allzu oft das Hin zu wiederholen, deshalb zieht sie es vor, zu warten ...

Natürlich bleiben manche Orte gefährlicher als andere. Mathilde vermeidet weiterhin die Sonnenblumen hinter dem Gatter. Und sie geht der Schaukel hartnäckig aus dem Weg, die sie, wenn sie es könnte, am liebsten auch Bénédicte verbieten würde, die sie ungeniert benutzt, ohne sich des Frevels bewusst zu sein.

Es kommt nicht in Frage, zum Bauernhof zurückzukehren, vor allem seit sie von Christiane erfahren hat, dass Remi wieder da ist. In diesem Punkt hat sich Bénédicte bis jetzt solidarisch gezeigt. Auch sie geht nicht zum Bauernhof, um Käse oder Eier zu holen.

Die Hütte, die jetzt sehr hübsch eingerichtet ist, nimmt den größten Teil ihrer Zeit in Anspruch. Bénédicte und sie haben die beiden Mütter ganz offiziell zur Einweihung eingeladen, zu einer Art Einzugsfest, bei dem der Pfefferminzsirup in Strömen floss. Christiane machte Fotos, und Céline lachte laut, als sie in der Hütte all die Küchengeräte und Tischwäsche wieder fand, die wie durch Hexerei aus dem Haus verschwunden waren.

An jenem Tag, am Tag der Einweihung, hat Remi ihr besonders gefehlt. Sie wünschte sich, er hätte ihr hausfrauliches Talent bewundern können, auch wenn Bénédicte mit ihrer eindrucksvollen Ausstattung einer perfekten Schneiderin der Sache den letzten Schliff gegeben hatte.

Seit Mathilde in der ockergelben Erde ein Stück gewachsen ist, hat sie Mühe, sich selbst wieder zu erkennen. Sie hat den Eindruck, dass sie Dinge empfindet und auf Gedanken verfällt, die viel zu hoch für sie sind. Diesen Eindruck des Missverhältnisses verspürt sie sogar während des Schmusens: Sie ist zugleich die kleine Mathilde, die sie immer gewesen ist, und eine andere, viel größere Mathilde, die sich nach einem Remi sehnt, der nicht da ist. In diesen Augenblicken hat sie das Gefühl, dass Céline zugleich ihre Mutter und ihre Schwester ist, denn alle beide warten sie auf jemanden, der nicht kommt, alle beide haben sie die Augen auf einen Pfad in der Ferne gerichtet, auf dem niemand auftaucht.

Vorgestern hat *er* nicht angerufen wie sonst an jedem Sonntag. Das Nachtisch-Schmusen hatte einen wehmütigen Beigeschmack.

»Denkst du an *ihn?*« fragte Mathilde ihre Mutter.

»Ja«, antwortete Céline.

»Ich auch«, sagte Mathilde, und beide hatten sie den traurigen Mund.

Dabei war der »er«, von dem sie sprachen, nicht derselbe. Das wussten sie beide. Aber das war nicht schlimm. Im Gegenteil. Sie verstanden sich. Sogar so gut, dass Mathilde ihrer Mutter beinah das verzieh, was sie beschlossen hatte, ihr nie zu verzeihen ...

Heute Abend geht es hoch her. Sie gehen gleich ins Restaurant. Christiane ist auf diese Idee gekommen. Im Badezimmer im ersten Stock herrscht helle Aufregung.

Es ist beschlossene Sache: Mathilde wird das weiße Spitzenkleid tragen, das Christiane ihr geschenkt hat, und dazu Bénédictes Perlenkette mit der herzförmigen Muschel, die sie immer noch an irgendetwas erinnert.

In einer Duftwolke von Lavendelwasser, mit dem sie etwas zu verschwenderisch umgegangen ist, schreitet Mathilde hinter Bénédicte – die in ihrem schwarzen Trägerkleid mit einem großen rosa Knoten sehr originell aussieht – die Treppe hinunter wie eine Braut. Sie malt sich dabei aus, wie Remi, noch ganz ergriffen von dem Jawort, das er ihr soeben gegeben hat, in einem Gehrock an ihrer Seite ist, und schon erreichen sie das Allerheiligste: das Badezimmer im Erdgeschoss, in dem ebenso großer Trubel herrscht.

Mathilde ist schon wieder hell begeistert: Ein Frauenbadezimmer ist doch etwas anderes als ein Mädchenbadezimmer! Dieses wilde Kunterbunt von Flakons, dieser Wirrwarr von Schmuck, diese Berge von Damenunterwäsche haben etwas ausgesprochen Rätselhaftes. Und dann die Düfte! Nicht nur der Geruch der Kleidungsstücke oder die Parfümschwaden, sondern der Hauch des Geheimnisvollen, der alles umgibt. Kein Geruch, kein Duft lässt sich mit dem Hauch des Geheimnisses vergleichen, das Frauen miteinander teilen ...

Christiane und Céline sind äußerst schick und fröhlich. Sie nehmen die Mädchen gern in die Runde der Frauen auf, und dann beginnt der Ringelreihen ...

Diesen Tanz erkennt Mathilde sogleich wieder, im eiskalten Zug, der sie zu den Sonnenblumen brachte, hat sie davon geträumt. Es ist der gleiche: Ein fröhlicher Reigen des geheimen Einverständnisses. Ein Reigen des höchsten Versprechens.

Der Lippenstift geht von Hand zu Hand. Kleider werden anprobiert ... und dennoch ist dieses Ballett der Verschwörung ganz anders. Nicht so wie in ihrem Traum von damals, denn damals gab es noch keinen Remi. Es fehlten zwei Noten in der Partitur, die zweite und die dritte der Tonleiter. Sie sagt sich, dass die Musik zu dem Reigen ohne das Re und ohne das Mi ganz schön falsch geklungen haben muss.

Heute Abend löst ihre Mutter tatsächlich das höchste Versprechen ein. Mathilde spielt das große, das faszinierendste aller Spiele, das Sand, Krebse, Drachen und Krapfen – sogar die mit Marmelade gefüllten – in der Versenkung der Kindheit verschwinden lässt. Mit großem Ernst. Zu großem? Ernsthaft genug auf jeden Fall, um zu wissen, dass sie nie mehr in der Stellung aus seligen Zeiten einschlafen wird. Wie sollte man auch so schlafen können, wenn man auf jemanden wartet, der zwangsläufig kommen wird, weil er nämlich schon da ist? Von den vieren ist Mathilde die Kleinste, aber die einzige, die einen Liebsten hat.

Die einzige, für die das Spiel Ernst ist.

Sie ist in heller Aufregung. Ihre Badesachen gefallen ihr einfach nicht mehr. Sie will nicht mehr an den Fluss gehen. Alle sind fertig außer ihr. Bénédicte ist besonders fertig. Ihr einteiliger himmelblauer Badeanzug steht ihr ausgezeichnet, und sie hat sogar das passende Haarband dazu. Mathilde sitzt niedergeschlagen auf dem Bett und betrachtet die Bikinihöschen, die auf dem Boden verstreut liegen.

Dabei haben ihr die Bikinis in Paris, vor der Abreise, sehr gut gestanden, aber jetzt stehen sie ihr einfach nicht mehr, das springt ins Auge, sie passen nicht mehr zu ihr, oder vielleicht passt sie nicht mehr zu ihnen.

Sie hätte die allergrößte Mühe, wenn sie jetzt in diesem Augenblick sagen sollte, wen sie mehr hasst, Bénédicte oder ihre Mutter. Vielleicht ihre Mutter, denn dass Bénédicte umwerfend ist, dafür kann sie im Grunde nichts, das war ja schon von Geburt an so. Außerdem verdankt sie ihr seit gestern Abend eine ganze Menge. Das war schon toll, was Bénédicte im Restaurant gemacht hat.

Ihre Mutter dagegen hätte wirklich an den einteiligen Badeanzug denken können! Mit einem einteiligen Badeanzug wäre die Sache ganz anders! Bénédicte hat oben nichts zu verbergen, sie selbst zwar auch nicht, aber in dem einteiligen Badeanzug sieht Bénédicte eben so aus, als verberge sie tatsächlich etwas. Mathilde blickt auf die beiden rosa Knospen ihrer Brüste hinab, die genauso hoffnungslos flach sind wie die Druckknöpfe ihres Buntstiftmäppchens. Sie mustert sie, so wie Remi sie gleich am Fluss mustern wird. Zirkel, Winkeldreieck. Lineal.

Noch nie hat sie ihre Brüste so betrachtet – mit den Augen eines Jungen, eines Remi mit Wolfsaugen –, und noch nie hat sie sie so flach gefunden.

Sie will nicht mehr an den Fluss. Nach so einer langen Trennung wird Remi sie mit ganz neuen Augen mustern, das ist doch klar, und sie wieder abmessen, auch das ist klar, und was sieht er dann? Ein Mädchen mit Druckknöpfen!

Der fröhliche Abend im Restaurant, die freudige Erwartung der Nacht, die ausgelassene Stimmung am Morgen, all das hat sie zusammen mit den Bikinis voller Wut zerstampft. Auch die Freude, Remi wieder zu sehen, ist zerstampft. Zugegeben, Bénédicte hat eine geniale Idee gehabt, als sie vorschlug, mit Remi an den Fluss zu gehen, einfach so, als sei es das Natürlichste auf der Welt, nur unter dem Vorwand, dass er bestimmt die besten Badestellen kennt. Für jemanden, der keine Phantasie hat ... ist das schon hohe Kunst. Die Sache hatte nur einen Haken. Jetzt, da die »Künstlerin« in ihrem einteiligen blauen Badeanzug umherstolziert, fragt sich Mathilde langsam, ob nicht etwas anderes dahinter steckt. Ob Bénédicte nicht vielleicht aus purem Eigennutz gehandelt hat ... So gemeine Gedanken gehen Mathilde jetzt durch den Kopf.

Das ist nichts Neues. Schon mehrmals hat sie an Bénédicte gezweifelt, denn wenn sie zusammen in der Hütte sind, überwacht auch Bénédicte mit ganz merkwürdiger Miene den Pfad, der zu den Sonnenblumen führt. Und was zieht sie bloß immer wieder zur Schaukel? ...

An der besten Freundin zu zweifeln, ist das Schlimmste, was einem passieren kann. Das ist wie ein unangenehmer, bitterer Geschmack, der im Mund zurückbleibt. Außer gedünstetem Chicorée kennt sie nichts, das ebenso bitter ist.

Mathilde spürt, wie das Schneckenhaus der Traurigkeit sie umschließt. Schmollen, grollen, Trübsinn blasen. Die einzige Lösung, die einzige Zuflucht. Sie bereitet sich darauf vor, das Missmutknäuel aufzuwickeln, die Hütte zu errichten, in die sie sich ganz allein zurückziehen kann.

»Mathilde! Was ist los? Wir warten auf dich!«

Ihre Mutter steht vor dem Bett. Sie ist hübsch in ihren weißen Leinenshorts und dem Oberteil ihres schwarzen Badeanzugs mit den dünnen Trägern – der tatsächlich etwas verbirgt. Mathilde kennt die

Brüste ihrer Mutter. Sie sind beeindruckend. Céline ist hübsch mit ihrer gebräunten Haut und ihrer Sonnenbrille aus Schildplatt. Das dürfte Jahre dauern, bis man so etwas erreicht, einen solchen Erfolg erzielt.

Mathilde antwortet nicht. Sie starrt auf die Druckknöpfe.

»Nun mal los! Was hast du denn jetzt wieder?« fragt Céline ungeduldig.

Das »wieder« ist zu viel. Céline kann es einfach nicht lassen. Bei fast allem, was sie sagt, ist ein Wort zu viel. Das ist so ihre Art. Aber für alle anderen ist das nicht sehr angenehm. *Er* ärgert sich auch oft über das Wort, das zu viel ist ...

Mathilde zieht alles ein: Kopf, Schultern, Knie. Bereitet sich darauf vor, sich gleich in ihr Schneckenhaus zu verkriechen.

»Ich will auch ein Oberteil. Ein Oberteil zu meinem Badehöschen. Ich will einen einteiligen Badeanzug!«

»Aber mein Schatz ... Das brauchst du doch wirklich nicht! Das Bikinihöschen steht dir doch ausgezeichnet!«

»Doch, das brauche ich! ... Bénédicte hat doch auch eins!«

Mathilde spürt, dass ihre Mutter gleich sagen wird, dass Bénédicte ja auch größer ist. Dass sie Anrecht auf einen einteiligen Badeanzug hat.

Wenn das so weitergeht, muss sie wieder einen

Buntstift spitzen. Ihre Wut in pieksende Rache verwandeln.

Doch wider alles Erwarten lenkt Céline ein. Sie lächelt ihrer Tochter zu.

»Na gut. Einverstanden. Ich kaufe dir einen! Aber vergiss nicht, dass wir mit Remi verabredet sind (um ein Haar hätte sie hinzugefügt ›mit deinem Remi‹) und schon sehr spät dran sind!«

Mathilde blickt ihre Mutter an, die noch immer lächelt. Die Tränen kommen in einem Schwall. Vulkanausbruch. Mathilde weint so heftig, so hemmungslos, dass sie in den Tränen zu ertrinken droht. Flut, hohe See, Ozean des Kummers – sie ist eine Sintflut, die salziger ist als das Meer in den Sommerferien ...

Als sie sich schließlich gefasst hat, steht Céline wieder vor ihr und hält ihr eine ganz kurze rosa Bluse hin, die auf der Brust mit einer Schleife zugebunden wird, und dazu ein Bikinihöschen in der gleichen Farbe. Das Ganze ist so bezaubernd, dass Mathilde vor Freude – oder auch vor Schwäche, denn die Tränen haben sie völlig erschöpft – in Ohnmacht fallen könnte ...

Als sie unter Applaus die Treppe hinabgeht, trocknen die letzten Tränen, und die große Flut des Kummers verebbt.

War es Einbildung oder hat sie wirklich gespürt, wie sich die beiden Druckknöpfe unter der rosa Schleifenbluse gerührt haben?

Remi geht voraus, um den Weg zu erkunden. Mathilde bleibt ihm dicht auf den Fersen. Ein paar Meter dahinter folgen Bénédicte und Céline, Seite an Seite. Christiane, die den Rucksack für das Picknick trägt, bildet den Schluss.

Remi hat sein Turnzeug an, doch ohne das Hemd, das hat er sich um die Hüften geschlungen.

Von hinten gesehen ist er der hübscheste Junge, den sie je gesehen hat. Und der erste, auf den sie Lust hat – wie auf Gummibärchen, aber mit ihm ist es noch besser, denn ein Gummibärchen isst man, und das war's dann, auf Remi aber hat sie immer Lust, ohne ihn je satt zu werden, und nicht nur mit dem Mund, sondern auch mit den Augen, den Ohren und sogar in Gedanken. Auch im Auto hat sie Lust auf ihn gehabt, als sich ihre Knie in den Kurven berührt, voneinander entfernt und dann wieder berührt haben.

Bénédicte hat alles gesehen, aber das macht nichts, ganz im Gegenteil. Sie hat sicher gehofft, dass die Kurven Remi in ihre Richtung schaukeln würden. Aber die Schaukel und die Luftsprünge, das ist wirklich ihre Spezialität, Remis und Mathildes. Das ist sogar das, was sie am besten miteinander machen können. Da kann Bénédicte lange warten ...

Die Sonne wird allmählich sengend heiß. Remi scheint das kaum wahrzunehmen, ebenso wenig wie er die kleine Gruppe wahrzunehmen scheint, die er an eine Stelle führt, die nur er kennt und über die er nie etwas Genaueres hat verlauten lassen.

Komisch, Mathilde hat das Gefühl, als sei sie ihr ganzes Leben lang so hinter Remi hergegangen. Als habe sie nie etwas anderes getan, als diesen von der Sonne aufgeheizten Weg voller schwirrender Insekten entlangzugehen und nur daran zu denken, dass am Ende des Wegs ein Fluss auf sie wartet.

Sie haben sich seit der Begegnung auf dem Bauernhof inmitten der im Dreck stapfenden Ziegen nicht wiedergesehen, sich nicht wieder gesehen, seit aus dem einen »Und wenn?« viele und aus der einen Mathilde mehrere geworden sind, eine Mathilde, die weint, und eine Mathilde, die lacht, eine Mathilde, die zweifelt, und eine Mathilde, die nicht mehr zweifelt. Die Trennung muss wirklich sehr lange gedauert haben, wenn sie bedenkt, dass sie gespürt hat, wie sich ihre Druckknöpfe regten. Aber vielleicht hat ja die Mutter, die selbst so schöne Brüste hat, ein Rezept, wie man sie zum Wachsen bringt, speziell für ihr Kind in der rosa Schleifenbluse gelassen. Wenn man seine Tochter liebt und alles tun will, um sie zu einer Frau zu erziehen, müsste das doch fast selbstverständlich sein.

Als sich Remi in den Kurven zu Mathilde herübergebeugt hat, so dass sich ihre Knie berührten, hat er mehrmals tief in ihre Schleifenbluse gestarrt. Es sah so aus, als stelle er sich eine Frage. Es sah so aus, als habe auch er von dem besagten, von Mutter an Tochter weitergegebenen Rezept gehört ...

»Sind wir bald da?« fragt Mathilde, deren Schultern und Arme allmählich die Farbe der Schleifenbluse annehmen, obwohl ihre Mutter sie vorsichtshalber mit einer dicken Schicht Sonnencreme eingerieben hat.

»Ja, wir sind gleich da! Horch mal!« erwidert Remi, ohne sich umzudrehen, wie ein richtiger Anführer.

Mathilde horcht. Zunächst hört sie wegen des Summens der Insekten nichts, aber dann, dann hört sie es. Ja, der Fluss ist ganz nah ...

»Horch mal!« hat Remi gesagt ... Jetzt, da sie horcht, versteht sie, warum er das gesagt hat. Remis Fluss tut etwas, was weder die Seine, die stumm unter den Brücken von Paris herfließt, noch der schäumende Ozean, der unablässig gegen die Felsen oder auf den Sand brandet, zu tun vermag: Remis Fluss singt.

Er singt ein bisschen wie Remi beim Sprechen.

Mathilde bleibt stehen. Bénédicte trottet mühsam heran. Die Mütter sind noch weit weg. Bénédicte macht wieder einmal ein bockiges Gesicht. Beklagt sich darüber, dass ihr sehr heiß ist, dass sie großen Durst hat und dass ihr die Füße wehtun, weil ihre Turnschuhe nach dem Gang durch den Ziegendreck in der Waschmaschine eingelaufen sind, und das alles nur wegen Remi, wie sie betont.

»Hast du gehört?« unterbricht Mathilde sie.

»Was soll ich denn hören?« fragt sie nörgelnd.

»Den Fluss! Hörst du nicht, wie er singt?«

»Das hört sich doch an wie jeder Fluss! Aber das wurde auch höchste Zeit!«

Da haben wir es wieder. Genau wie mit den Sonnenblumen. Bénédicte spürt nichts, hört nichts, rein gar nichts! Einfach hoffnungslos!

Mathilde dreht sich um. Remi ist gerade unter den Bäumen seitwärts eingebogen. Jetzt heisst es rennen. Schnell. Den Fluss zur gleichen Zeit erreichen wie er. Remi sagen, dass sie gehört hat, wie der Fluss singt. Ihm sagen. Ihm sagen ...

Mitten beim Rennen bleibt sie plötzlich vor Verblüffung wie angewurzelt stehen: Vor ihr entdeckt sie etwas, was sie noch nie gesehen hat. So hatte sie sich den Fluss nicht vorgestellt, nicht wie einen riesigen, von Felswänden eingerahmten Bach, der über Tausende von Steinen plätschert, die wie Xylophone klingen. Doch noch überwältigender findet sie den Jungen in den blauen Shorts, der mitten im Wasser auf einem Felsen steht und in der Sonne glitzert.

Schon wieder die Verzückung, die gleiche wie bei den Sonnenblumen, und wieder dieser leichte Schwindel. Mathilde fragt sich, ob nicht Remi dafür sorgt, dass die Sonne so glänzt und die Steine so glitzern.

Und wieder legt sie die rechte Hand schirmend über die Augen, um diesem grellen Licht standzuhalten, diesem grellen Licht der Sonne und zugleich des Jungen. Aber diesmal ohne Mutter als Geländer. Im Übrigen will sie das jetzt nicht mehr. Sie will Remi allein entgegengehen, und weil sie allein ist, tut sie es.

Mathilde watet durch den Fluss – in Turnschuhen, die nicht in der Waschmaschine eingelaufen sind, und zwar ganz einfach deshalb, weil sie den Ziegendreck nicht schmutzig findet, und außerdem hat sie ihre Schuhe nicht säubern wollen, um sie als Andenken zu bewahren ...

Die Stimmen von Bénédicte, Céline und Christiane nähern sich hinter den Bäumen. Mathilde watet weiter. Sie ist überrascht, dass sie immer noch Grund unter den Füßen hat. Das Wasser, das singend an ihr vorbeifließt, reicht ihr nur bis an die Waden. Es ist so kalt, dass es fast brennt. Nicht der geringste Schlamm. Keine schleimigen Gräser. Das Wasser ist wie aus Glas, aber einem Glas, das nicht zerschellt, nicht einmal auf den Steinen.

Remi sieht zu, wie Mathilde über die manchmal etwas glitschigen Kiesel auf ihn zustolpert. Er hat nicht mehr diese spöttische Miene, wie er sie auf seiner verrosteten Öltonne inmitten des Ziegendrecks hatte. Er blickt sie an wie an dem Tag, als er umgekehrt über der Schaukel baumelte, außer dass er sie jetzt richtig herum anschaut.

Als sie ihn fast erreicht hat, streckt er ihr die Hand entgegen für den letzten Meter, der sie noch trennt, seine Hand mit den kantigen Fingerspitzen, die Hand, die Traktor fährt. Er will, dass sie mit einem Satz auf den Felsen springt. Dass sie mit einem Luftsprung zu ihm kommt. Mathilde findet, dass diese akrobatische Nummer eigentlich einen Trommelwirbel verdiente wie im Zirkus, einen Trommelwirbel für die Akrobaten der Liebe.

Mathildes Sprung ist der Unerschrockenheit ihres Herzens, das unter der rosa Schleifenbluse Tamtam schlägt, durchaus angemessen.

Da steht sie also auf Remis Felsen. Da stehen sie also Hand in Hand, Schulter an Schulter, Schenkel an Schenkel, Tamtam an Tamtam und glitzern alle beide. Eng aneinander geschmiegt. Mathilde an Remi, Remi an Mathilde, und Mathilde spürt an ihrer Haut eine andere Haut als die ihrer Mutter. Remis Haut ist sanft und zugleich rau, vor allem an den Ellbogen und den Knien. Aber der große Unterschied ist noch ein anderer: Dieses seltsame Gefühl, dass sich die blonden Härchen auf ihren

Armen und Beinen auf einmal kerzengerade aufrichten, das hat sie mit ihrer Mutter nie erlebt.

»Mir ist nicht kalt, und trotzdem habe ich eine Gänsehaut, ist das nicht komisch?« sagt Mathilde verwirrt.

»Ne Gänsehaut, die kriegst du nicht, wenn dir kalt ist, die kriegst du, wenn du mit jemand zusammen bist, der dir gefällt«, erwidert Remi sehr selbstsicher und fügt dann hinzu: »Hör zu Thilde, du hast eine Gänsehaut. Und weißt du, was ich habe? Eine Gänserichhaut!« prustet er hervor und krümmt sich vor Lachen.

Mathilde würde gern mitlachen, aber sie hält sich zurück, weil sie Angst hat, genau in dem Augenblick, in dem die anderen ankommen, vom Felsen zu fallen. Eines hat sie jedoch zur Kenntnis genommen: Der jemand, der Remi gefällt, ist sie ...

Céline und Christiane, die am Ufer vor Entzücken über den Fluss außer sich geraten sind, betrachten die beiden, Remi und sie. Die beiden Mütter wirken ganz gerührt. Aber sie sollen bloß nicht übertreiben. Mathilde ist fest entschlossen, all das, was nur Remi und sie angeht, vor neugierigen Augen und Ohren zu schützen. Zum Beispiel die Sache mit der Gänse- und der Gänserichhaut: Kein Sterbenswörtchen darüber! Die Tatsache, dass sie selbst keinen Liebsten haben, heißt noch lange nicht, dass sie einen Anspruch auf den einzigen haben, der hier in

Aktion tritt. Einen Liebsten kann man sich nicht teilen wie Bonbons, und die sind bekanntlich schon schwer genug zu teilen, vor allem wenn es Karamellbonbons sind. Der Liebste, der hier ist, ist Remi, und das ist ihr Liebster!

Bénédicte spielt mal wieder die Beleidigte. Das kann man durchaus verstehen. Ihr einteiliger blauer Badeanzug, der wie angegossen sitzt, sitzt derart angegossen, dass man genau sieht, dass sie nichts zu verbergen hat. Remi hat das dank seiner Instrumente – Zirkel, Winkeldreieck, Lineal – garantiert sofort gemerkt, als er sich im Auto zwischen die beiden Mädchen setzte. Bénédicte hatte kaum eine Chance, Mathilde in ihrer rosa Schleifenbluse mit dem darin enthaltenen Rezept ihrer Mutter in den Schatten zu stellen.

Im Grunde sind es nur Kleinigkeiten, die bewirken, dass sich ein Junge verliebt und dass er es bleibt. Bestimmt nicht hochtrabende Worte. Den Mädchen geht es mit den Jungen genauso. Remis fehlender Zahn zum Beispiel hatte sie anfangs beinah abgeschreckt, und jetzt mag sie ihn besonders gern. Übrigens muss sie Remi unbedingt fragen, welche Kleinigkeit ihm an ihr so gut gefällt, dass er heute eine Gänserichhaut bekommen hat, als sie sich berührten.

Ihre Mutter ist wohl mit den Kleinigkeiten nicht sorgfältig genug umgegangen, denn warum sollte *er* sonst so oft wegfahren? Sie ist *ihm* bestimmt mit ihren hochtrabenden Worten auf die Nerven gegangen, immer diese Worte, Célines große Schwäche …

Bénédicte tut ihr schließlich doch Leid, als sie sieht, wie ihre Freundin ganz allein am Ufer steht und auf den Fluss starrt, dessen Musik sie nicht einmal hört. Mathilde findet, dass das ungerecht ist.

»Soll ich Bénédicte vorschlagen zu kommen?« fragt sie, wenn auch etwas halbherzig bei dem Gedanken, ihn mit ihr zu teilen.

»Wenn du willst«, erwidert Remi. »Auf dem Wackelkopf ist Platz für drei.«

»Auf dem Wackelkopf?«

»Ja, auf dem Felsen, wo sonst wohl! Wenn man ihn von weitem sieht, wackelt er mit dem Kopf.«

»Aber von nahem doch wohl nicht, hm?« fragt Mathilde besorgt, weil sie hinter dem Felsen ein großes Becken entdeckt hat, in dem das Wasser sehr tief zu sein scheint.

»Hast du Angst?« fragt Remi, der anscheinend unbedingt möchte, dass sie Angst hat.

»Nein. Ich habe keine Angst … Höchstens ein kleines bisschen«, erwidert sie schon wieder, weil es stimmt, dass »ein kleines bisschen« nur »ein kleines bisschen« ist, nicht mehr und nicht weniger …

Jetzt ist Bénédicte an der Reihe, jetzt muss sie durchs Wasser waten. Auch sie hat ihre Turnschuhe anbehalten (weil Remi ihnen gesagt hatte, dass das im Fluss wegen der Kiesel so üblich sei), aber

Mathilde ist sich ziemlich sicher, dass Bénédicte sich darüber ärgert, ihre Schuhe schon wieder nass zu machen: Bei jedem Schritt zieht sie eine Grimasse.

Remi streckt auch ihr die Hand entgegen, damit sie auf den »Wackelkopf« klettern kann, aber zum Glück – Mathilde überprüft das genau – liegt in seinem Blick nichts Besonderes. Er blickt sie nur an wie eine Spielkameradin.

Alle drei jauchzen vor Freude, während sie sich aneinander klammern und damit drohen, sich gegenseitig in das große Wasserbecken hinter dem Felsen zu schubsen, bis Remi von sich aus in einem Akt unerhörter Kühnheit vor den Augen der Mädchen ins Becken springt. Mathilde ist starr vor Staunen über so viel Tapferkeit. Ist stolz, dass dieser mutige Kerl ihr Liebster ist.

»Komm, Thilde!« brüllt der Held und spritzt die beiden nass.

»Kannst du da stehen?« fragt sie besorgt.

»Natürlich kann ich hier stehen!« erwidert Remi mit einem unaufrichtigen Unterton, den Jungen immer dann verwenden, wenn sie ein Mädchen zu irgendetwas überreden wollen.

Wenn er die Wahrheit sagte, würde er ins Wasser spucken, und das tut er nicht.

Aber Remi ist mehr als ein Junge, und sie ist mehr als ein Mädchen, wenn er da ist. Mit Remi muss man sich selbst übertreffen: Luftsprünge kennen keine Grenzen. In den Himmel aufzusteigen, viel höher als eine Libanonzeder, oder von einem wackligen Felsen in ein Becken mit eisigem Wasser zu springen, ist genau das gleiche. Der Luftsprung ist ihre Art, sich wieder zu treffen. Die Gefahr ihr Stelldichein. Wichtig ist nur, dass man sich so blenden lässt, als ob man in die Sonne sieht.

Jetzt hat Mathilde zwei Sonnen in ihrem Leben: Die richtige, die abends untergeht, sich schlafen legt, und Remi, der nie schläft, da sie in Gedanken immer Lust auf ihn hat, also auch im Schlaf, denn angeblich denkt man auch im Schlaf noch weiter.

»Was ist, Thilde, kommst du nun oder nicht?«

»Ich komme!« schreit Mathilde, um sich Mut zu machen.

Aber vorher wendet sie den Kopf ganz kurz ihrer Mutter zu, die sie nicht aus den Augen gelassen hat, auch wenn es so aussieht, als schliefe sie auf ihrem Badetuch. (Mütter wachen immer. Man kann sich auf sie verlassen, wenn der große Sprung bevorsteht: in ein Becken mit eisigem Wasser zum Beispiel.)

Schmusen mit den Fingerspitzen. Schmusen mit der Hand. Schmusen aus der Ferne.

Trommelwirbel ... und dann springt sie.

Ein paar Sekunden lang, die eine Ewigkeit dauern, stellt sie sich ihren Tod auf zweierlei Art vor: durch Erfrieren oder durch Ersticken. Doch Remi hält für sie eine dritte Lösung bereit, die ihr in jeder Hinsicht besser gefällt.

»Halt dich gut an mir fest, Thilde!«

Sie hält sich also an ihm fest. Schlingt ihm die Arme um den Hals, die Beine um die Hüften, klammert sich fest an ihn. Sie hält sich an Remi fest, so wie sie sich vor langer Zeit an *ihm* festgehalten hat, in den Wellen des Ozeans, als sie noch nicht mit ihrer blauen Schwimmweste umgehen konnte. Nein. Das stimmt nicht. Nein, nicht wie an *ihm*. An einen Vater klammert man sich, einen Remi umschlingt man. Es sei denn, dass Remi sie umschlingt, denn auch er hat Mathilde die Arme um den Hals gelegt, die Beine um die Hüften. Man weiß nicht mehr recht, wem die vier Arme und Beine gehören, so sehr sind sie miteinander verschlungen. Mathilde hätte nie gedacht, dass ein Junge und ein Mädchen sich so fest aneinander schmiegen können. Kein Mensch wäre dazu fähig, diesen Knoten zu lösen, den sie machen.

Bénédicte sitzt über ihnen auf dem Felsen und betrachtet sie mit aufgerissenem Mund. Durch ihre nasse Schleifenbluse hindurch hört Mathilde Remis nasses Tamtam. Die beiden Münder lächeln sich zu.

Remi lächelt mit blitzenden Zähnen minus einem. Doch diesmal steckt Mathilde ihre rosa Zungenspitze in das kleine Loch, wo Remi ein Zahn fehlt, nur so, um zu sehen, wie das ist.

Jetzt, nachdem sie einen Knoten im eisigen Wasser des Flusses gemacht haben und Mathilde mit ihrer rosa Zungenspitze Remis Lächeln gekostet hat, kann sie sich nicht mehr vorstellen, was sie noch trennen könnte. Außerdem ist es allgemein bekannt: »Mathilde und Remi sind unzertrennlich!« Alle sagen das, die Fougerolles sagen das, die Mütter sagen das, Bénédicte sagt das, und der Hund Léon, auch wenn er es nicht sagt, weiß es zumindest. Niemand scheint das ungebührlich zu finden. Alle sind es gewohnt, sie zusammen zu sehen, so dass jeder sich um den anderen Sorgen macht, wenn mal einer von beiden fehlt.

Bénédicte ist die einzige, die bei der Sache benachteiligt ist, denn sie scheint die Hoffnung verloren zu haben, Remi für sich zu gewinnen (auch wenn Mathilde in dieser Hinsicht noch wachsam bleibt, denn Bénédicte sieht weiterhin umwerfend aus), und außerdem den Einfluss, den sie bisher auf ihre beste Freundin ausübte.

Weil sie sich auf keinen Fall etwas entgehen lassen will und auch weil ihr die Tatsache, alles aus nächster Nähe miterlebt und »alles gesehen« zu haben, trotz allem gewisse Vorrechte verleiht, hat sie die Sache ausgenutzt, um die beiden weiterhin zu beobachten und um mehr oder weniger diskret dabei zu bleiben, wenn sie sich treffen.

Anfangs hat sich Mathilde über Bénédictes ungeniertes Verhalten geärgert, aber da Remi sich nicht daran zu stören scheint, hat Mathilde sich ebenfalls daran gewöhnt und Bénédicte sogar ab und zu den Treffpunkt verraten, ihr dabei jedoch eine bestimmte Rolle innerhalb der Inszenierung zugewiesen. Manchmal hat sie das Recht, sie zu sehen. Manchmal hat sie das Recht, sie zu hören. Manchmal auch beides. Das kommt drauf an.

Am Fluss, an dem sie immer häufiger picknicken, kann Bénédicte alles aus nächster Nähe miterleben. Sie nimmt nicht nur an den Erweiterungsarbeiten der Wasserbecken und am Bau von Dämmen teil, sondern auch an den Sonnenbädern auf einem bestimmten flachen Felsen, ein bisschen abseits, von wo aus sie, genau wie Mathilde, Remis eindrucksvolle Bräune bewundern und von der gähnenden Öffnung in dessen Turnhose träumen kann, obwohl die beiden Mädchen ganz genau wissen, was sich dahinter verbirgt, denn alle Jungen haben schließlich das gleiche.

Als sie ein paar Tage zuvor im Garten Tomaten gepflückt haben, hat Remi berichtet, dass man Tomaten in Italien Goldäpfel nennt. Vater Fougerolles habe das erzählt, und ihm könne man das glauben, er ist schließlich in Italien auf Hochzeitsreise gewesen. Mathilde und Remi bestanden darauf, gemeinsam in dieselbe Tomate zu beißen. Der warme Saft tropfte überall herunter. Es sah aus wie Blut. Und als Remi Mathildes Kinn und Hals ableckte, und auch ihr Knie, weil es mit Kernen übersät war, erklärte sich Bénédicte bereit, fünf Schritte zurückzugehen, was ihnen als Entfernung angemessen schien, so war sie zwar dabei, störte sie jedoch nicht allzu sehr.

Ein anderes Mal, als sie vom Bauernhof zurückkehrten, hat Remi ihnen einen anderen Weg gezeigt, der nach Hause führt, und zu Mathildes großer Überraschung stießen sie dort auf Butterblumen. Remi, der bei Früchten, Blumen und allem, was draußen wächst, unschlagbar ist, erklärte, dass man Butterblumen nicht nur im Norden antrifft, wie Mathildes Lehrerin gesagt hat, sondern überall.

Mathilde nutzte die Gelegenheit, um Remi etwas beizubringen, wovon er, trotz seiner großen Blumenkenntnis, noch nie gehört hatte. Aber vorher forderte sie Bénédicte auf, sich mindestens zwanzig Schritte zu entfernen, was diese zu guter Letzt auch tat, aber erst nach langen Protesten, denn sie kannte ja schließlich den Trick mit den Butterblumen auswendig, sie hatte ihn Mathilde gezeigt.

Mathilde pflückte eine Butterblume und setzte sich, nachdem sie Remi aufgefordert hatte, sich mit dem Rücken ins Gras zu legen, rittlings auf ihn, dann hielt sie die Butterblume an sein Kinn.

»Was machst du da?« fragte Remi.

»Ich versuche herauszufinden, ob du Butter magst«, erwiderte Mathilde ziemlich geheimnisvoll.

»Und?«

»Ja, du magst gern Butter!«

»Und woher weißt du das so genau?« fragte Remi verblüfft.

»Das ist doch klar: Weil sich die Butterblume auf deinem Kinn spiegelt. Das ist nun mal so, da kannst du nichts machen. Wenn dein Kinn gelb ist, dann magst du Butter!«

Remi schien das gefallen zu haben. »Und wie ist das mit dir, magst du auch gern Butter?« fragte er.

»Versuch doch mal, ob du es rauskriegst!«

Diesmal legte sich Mathilde ins Gras. Remi setzte sich rittlings auf sie und hielt die Butterblume an ihr Kinn. »Ja, du auch, du magst auch gern Butter!« sagte er hoch erfreut.

Sie lachten. Und lachten dann nicht mehr. Sie wurden ernst – nicht traurig, nur ernst –, denn sie dachten gleichzeitig an dasselbe. Wenn ein Junge und ein Mädchen auf so unwiderlegbare Weise Butter mögen, dann kann das nur heißen, dass sie sich lieben.

Remi, der noch rittlings auf Mathilde saß, sagte nichts mehr, und auch sie sagte nichts mehr. Sie dachten nur weiter an dasselbe, aber so stark, dass Mathilde etwas empfand, das sich auch nicht sagen ließ: Dadurch, dass sie so lange denselben Gedanken hatte, Remis Gewicht auf ihrem Bauch spürte, und Remis beide Knie, die ihre Rippen in die Zange nahmen, und Remis beide Hände, die auf ihren Schultern lagen, und Remis beide Augen, die in ihre beiden Augen blickten, und das Schweigen von Remis Mund nach ihrem Schweigen, nun ja, da hatte sie plötzlich das Gefühl, dass sie zu Remi wurde, dass sie Remi war.

Und Remi? War er zu Mathilde geworden? Natürlich. Natürlich war er das, das sah man doch ganz deutlich! Das Gefühl bewahren. Beschließen, dass man es nie vergisst. Sich schwören, dass nie ein anderer später einmal zu einem selbst und man selbst zu einem anderen wird, wie Remi und Mathilde jetzt.

»He, was macht ihr denn so lange?«

Bénédicte ... Bénédicte war ungeduldig geworden ... Zwanzig Schritte von ihnen entfernt. Kilometer entfernt. Auf einem andern Stern.

»Kann ich jetzt kommen?« flehte die Außerirdische.

Remi stand auf, ganz langsam. Er sah aus, als wache er auf.

»Ja, du kannst kommen!« sagte er mit ganz merkwürdiger Stimme und entfernte sich dann – auf einmal ganz ungezähmt, ganz Wolf – zwanzig Schritte.

Bénédicte kam herbei. Mathilde, die im Gras lag,

spürte noch immer Remis Gewicht auf ihrem Bauch, Remi, der rittlings auf ihr saß.

»Das hat aber lange gedauert!« bemerkte Bénédicte.

»Ja ...«, gab Mathilde zu.

»Was habt ihr denn bloß gemacht?« bohrte sie nach.

»Nichts ... Nichts haben wir gemacht ...«, erwiderte Mathilde und sagte sich dabei, dass das stimmte und zugleich auch nicht stimmte.

Bénédicte fragte nicht weiter nach. Man sah ihr an, dass sie nicht überzeugt war. Sie half ihrer Freundin, aufzustehen, denn Mathilde spürte, dass sie weiche Knie hatte.

Wortlos gingen sie nach Hause, Remi voran, die Mädchen hinterher. Bénédicte wagte nicht, das Schweigen zu brechen. Auch wenn sie unempfänglich ist für alles Unerklärliche und bei Dingen, die sie übersteigen, in keinen Taumel verfällt, begriff sie, dass der Moment feierlich war ...

Remi lehnte den Pfefferminzsirup, den Céline ihm anbot, ab, dabei mag er Pfefferminzsirup gern, vor allem wenn Céline ihm das Getränk serviert, noch dazu mit Keksen oder Marmeladenbroten. Mathilde stellte fest, dass sich die beiden gut verstanden.

Céline versäumt nie die Gelegenheit, ihm über das Haar zu streichen. Und immer wenn Remi die Augen auf Céline richtet, hat man den Eindruck, dass er sie mit all seinen Instrumenten – Zirkel, Winkeldreieck, Lineal, Pauspapier, Kohlepapier, Millimeterpapier – abmisst, aber darüber hinaus scheint in seinem Blick eine ernste Frage zu liegen, als brauche er Céline, um sich an irgendetwas oder an irgendjemanden zu erinnern.

Remi hat also auf die Frage nach dem Pfefferminzsirup nein gesagt und ist fortgegangen. Aber nach sieben Schritten hat er sich umgedreht, und Mathilde und er haben sich angeblickt. Die sieben Schritte zählen sie gemeinsam, das ist ein Ritual, ehe sie sich noch ein letztes Mal anblicken, als sei es wirklich das letzte Mal.

Mathilde hat außer ihrem auch Remis Pfefferminzsirup getrunken.

»Du magst Remi doch gern, Mama, hm?« fragt Mathilde, nachdem sie das Glas abgesetzt hat.

»Ja. Ich mag ihn gern. Er ist ein netter Junge«, erwidert Céline.

Mathilde kommt das Wort »nett« reichlich abgedroschen vor – daran merkt man, dass Céline Remi wirklich nicht kennt –, aber sie übergeht diese grobe Fehleinschätzung und fügt hinzu: »Findest du nicht, dass er dich ganz seltsam ansieht?«

Normalerweise findet ihre Mutter nie, aber diesmal ja, diesmal findet sie das auch, und dabei wechseln Christiane und sie einen Blick des Einverständnisses, einen jener Blicke von Müttern, die etwas wissen, aber nichts sagen wollen ... Einen jener Blicke, die die Töchter ausschließen, selbst wenn sie ein Stück gewachsen sind ...

Es gibt eine Stelle, nur eine einzige, zu der Bénédicte nie zugelassen wird, weder um zu sehen noch um zu hören und erst recht nicht beides: das Gatter vor den Sonnenblumen. Ganz heimlich treffen sich Mathilde und Remi vor dem Feld, das oberhalb des Bauernhofs liegt. Dort verfolgen sie die magische, unmerkliche Bewegung der unzähligen, der Sonne zugewandten Köpfe und lauschen Hand in Hand.

Mathilde hat Remi von ihrer ersten Begegnung mit den Sonnenblumen, der Begegnung mit dem absoluten Gelb erzählt. Jetzt wollen sie den Taumel miteinander teilen, der die Kindheit ins Schwanken bringt. Dank Remi lernt Mathilde fast jeden Tag ein neues Wort in der Sprache der Blumen, denn Remi hat die Sonnenblumen schon immer sprechen hören.

Mathilde findet es gerecht, dass sie ihm als Gegengabe das Geheimnis ihrer Butterblume preisgegeben hat.

Es stand am Ende des Briefs, den Großmama aus Sevilla geschrieben hat: »Das Foto ist für Mathilde.«

Es ist das erste Mal, dass sie Anrecht auf ein Foto ganz für sich allein hat; ganz stolz hat Mathilde es wie eine Trophäe auf ihren Sekretär gestellt, neben den wunderschönen rosa Kiesel, den Remi für sie unter Einsatz seines Lebens aus dem Fluss gefischt hat – mitten aus einem tiefen Wasserbecken, das sie immer gemieden hat, weil darin mehrere gefräßige Forellen hektisch in die Leere schnappen.

Auf dem Foto sitzt Großmama neben Félix, ihrem Verlobten, auf der Terrasse eines Cafés. Sie trägt die rote Fransenstola, mit der sich Mathilde so gern als Zigeunerin verkleidet hat, und Félix seinen langen weißen Schal. Man weiß nicht, wem sie zulächeln, aber sie wirken sehr glücklich und halten sich an der Hand, genau wie Mathilde und Remi, wenn sie gemeinsam den Sonnenblumen zuhören.

»Wer ist das?« fragte Bénédicte neugierig.

»Das ist meine Großmutter mit ihrem Liebsten«, erwiderte Mathilde und war auf der Hut.

Bénédicte fügte nichts hinzu. Sie wagte nicht zu

sagen, dass die beiden für Verliebte ein bisschen alt waren. Ein Glück!

Je länger Mathilde das Foto betrachtet, desto mehr ist sie davon überzeugt, dass Großmama das mit Remi weiß. Es ist ganz einfach: Großmama errät immer alles, vor allen anderen. Sie ist ein bisschen eine Hexe, aber eine liebe Hexe, die nur Gutes vorhersagt. Über das Schlechte verliert sie kein Wort. Sevilla ist angeblich sehr weit weg, aber das ist kein Grund. Großmama kann die Sache durchaus erraten, auch auf Entfernung, vor allem, wenn es um Mathilde geht, und erst recht, wenn es für Mathilde um etwas so Wichtiges geht wie Remi. Hätte Großmama ihr etwa sonst das Foto mit ihrem Liebsten zugeschickt, wenn sie nicht erraten hätte, dass ihre Enkelin ebenfalls einen Liebsten hat?

Unter Verliebten versteht man sich eben!

Mathilde hat beschlossen, Großmama zu antworten. Ihr alles zu erzählen, was Remi und sie angeht, und die Luftsprünge für sie zu zeichnen, von Anfang an. Den Bauernhof, die Ziegen, den Traktor, die Schaukel, den Fluss. Sie hat unter ihren Buntstiften den allergelbsten ausgesucht, damit die Sonnenblumen schwindlig machen. Es ist kein Platz mehr da für die Aprikosenbäume und auch nicht für das Haus, aber das macht nichts, denn das Haus kennt Großmama ja schon.

Mathilde hat sich selbst wie immer mitten in der Zeichnung abgebildet. Lange schwankte sie zwischen dem gepunkteten Kleid und der rosa Schleifenbluse und entschied sich schließlich für das gepunktete Kleid, wegen der Farbe und der künstlerischen Anforderungen ihres Bilds. Sie hatte große Mühe, Remi in der Matrosenbluse zu zeichnen und ihn mit dem fehlenden Zahn zum Lächeln zu bringen. Aber Mathilde ist sicher, dass Großmama den fehlenden Zahn schon erraten wird. Sie hofft, dass Félix ihr Werk als Kenner richtig einzuschätzen weiß, denn er ist ja auch Maler. Bei dem Gedanken an Félix hat sie übrigens Léon auf ihrem Bild wieder ausradiert, weil sie Angst hatte, dass Félix die Ähnlichkeit mit seinem toten Hund Kummer machen könnte. Céline hat versprochen, das Bild nach Paris zu schicken, da Großmama und Félix bald wieder nach Hause zurückfahren ...

Als Céline davon sprach, dass die Reise von Großmama und Félix nach Sevilla bald zu Ende ging, lief Mathilde trotz der Hitze ein kalter Schauer über den Rücken. Es ist das erste Mal seit sie hier sind, dass von einer Rückkehr nach Paris die Rede ist, auch wenn sie das selbst nicht betrifft. Dieser Gedanke erfüllte sie mit solchem Entsetzen, dass sie ihn ganz schnell zu vergessen suchte, indem sie all ihre Energie in den Bau eines Damms steckte, der ihnen ermöglichen sollte, im Fluss einen Wasserfall mit einem nicht zu tiefen Becken »ohne Forellen« anzulegen, wie Remi versprochen hatte, und dabei hatte er inbrünstig auf die Stelle ihres zukünftigen Schwimmbeckens gespuckt, das Mathilde heute nicht mehr gegen alle Ozeane der Welt eintauschen möchte.

Heute Nachmittag haben sie den Wasserfall eingeweiht, nachdem Remi die mühselige Arbeit mit einem großen Kraftaufwand bewältigt hat, der Mathilde ungeheuer beeindruckte, denn dabei hat sie entdeckt, wie unterschiedlich die Talente bei Mädchen und Jungen verteilt sind, und mit dieser Entdeckung hat sie zugleich festgestellt, wie riesig das Vergnügen ist, ein Mädchen zu sein und nichts anderes sein zu wollen.

Auch die Mütter profitieren von dem Wasserfall und sagen, dass es ausgezeichnet sei für ihre Figur, eine Sorge, die sie so sehr in Anspruch nimmt, dass sie darüber Kaffee und Kuchen vergessen – oder zumindest so tun –, ein Versäumnis, das Bénédicte natürlich nichts ausmacht, da sie ja nie was isst, aber Mathilde und Remi sehr viel.

Wenn sie zusammen sind, haben sie immer Hunger und nicht nur auf Bahlsen-Kekse. Das stimmt: Sie haben ständig das Bedürfnis, sich abzulecken, sich abzuschlecken. Mathilde findet, dass Remis Haut ein bisschen nach gesalzenen Erdnüssen schmeckt. Remi dagegen behauptet, dass ihn Mathildes Haut an Vanille erinnert. Mathilde findet es logisch, dass ein Mädchen süßer schmeckt als ein Junge, ohne es erklären zu können.

Wenn sie sich zu demonstrativ gegenseitig abschlecken, wendet sich Bénédicte mit angewiderter Miene ab. Wie sollte Bénédicte auch etwas von Lust verstehen, sie, die nicht mal Lust auf ein Marmeladenbrot verspürt? Auf jeden Fall ist es für Mathilde etwas ganz Neues, dass sie Lust auf einen Jungen hat, genau wie auf etwas, das man essen kann ...

Heute Abend, nach den vielen Stunden am Fluss, ist die Müdigkeit groß. Alle vier, Mütter und Töchter, räkeln sich im Wohnzimmer herum. Die Mütter hören Musik, die Töchter spielen zerstreut das große Familien-Quartett, aber Mathilde hat so wenig Energie, dass sie schon dreimal nach dem Vater Lagonflette gefragt hat, dabei hat sie die Karte selbst auf der Hand. Remi hat gesagt, dass er nicht vor dem Abendessen zu ihrem Treffpunkt vor den Sonnenblumen kommen könne. Er wird heute Abend schon wieder auf dem Bauernhof gebraucht, für die Ziegen. Schon seit mehreren Tagen sind sie nicht dort gewesen. Aber er hat versprochen, dass er versuchen werde, am nächsten Morgen am Gatter zu sein.

Vielleicht hat Mathilde dadurch, dass sie so oft nach dem Vater Lagonflette gefragt hat, ihren eigenen Vater herbeigezaubert, denn das Telefon klingelt. *Er* ist es. Mathilde stürzt an den Apparat. Sie will die Erste sein ... Jedesmal, wenn *er* anruft, ist es das Gleiche: Sie möchte *ihm* von Remi erzählen, aber es gelingt ihr nicht. Sie hat Angst, dass *er* sich über sie lustig macht oder dass *er* sie ausschimpft, auf jeden Fall, dass *ihm* das nicht passt, auch wenn Mama einverstanden ist.

Daher berichtet Mathilde in allen Einzelheiten, was sie angefangen hat, aber ohne Remi zu erwähnen, und das ist natürlich etwas ganz anderes. Der Damm und der Wasserfall mit Bénédicte als Bauunternehmer ist einfach nicht glaubwürdig, aber *er* hört sich alles an, ohne etwas zu ahnen.

Céline hat die Zurückhaltung ihrer Tochter, was Remi betrifft, offensichtlich bemerkt, denn sie erwähnt ihn auch nicht. Unter Frauen versteht man sich eben! Aber die Zurückhaltung hat ihre Nachteile: Der Umstand, dass sie das Wichtigste verheimlicht, trennt Mathilde von *ihm*, viel mehr als sie es möchte, noch zusätzlich zu den vielen Kilometern, die sie schon unerträglich findet. Kurz gesagt, sie ist hin und her gerissen, ob sie gestehen soll oder nicht. Am Ende geben sich Mathilde und *er* tausend Küsse.

»Gibst du mir mal deine Mutter?« sagt er wie üblich nach den Gefühlsäußerungen mit verändertem Ton.

Und Céline löst sie ab, ebenfalls mit der üblichen Stimme von jemandem, der zornig ist, schon seit langem zornig ist, aber es nicht zeigen will.

»Ja, wir auch ... Wir fahren bald zurück ...«

Der Satz ist völlig banal. Und doch ist er mörderisch. Ohne es zu wissen, hat eine Mutter gerade schlicht gesagt einen Kindesmord begangen. Dieses »Wir fahren bald zurück« versetzt Mathilde einen tödlichen Stich mit der nadelspitz gespitzten Spitze, die noch stärker wehtut als die eines Buntstifts.

Mathilde spürt eine eisige Stelle, da wo die Spitze sie getroffen hat.

Sie muss nach draußen, sich in der Abendsonne aufwärmen ...

»Willst du nicht zufällig den Sohn Vermicelle? Ich habe die Karte auf der Hand!« fragt Bénédicte, als sie sieht, dass ihre Freundin nach draußen geht, ohne zu begreifen, dass Mathilde auf die Familie Vermicelle – und auf Familien ganz allgemein – im Moment pfeift ...

Der Pfad im Garten ist schwindelerregend. Der ganze Garten ist schwindelerregend, und am Ende, als sie schließlich das Gatter vor den Sonnenblumen erreicht, schwankt sie auch ...

Mathilde weiß, dass ihr die Sonnenblumen um diese Zeit, bei Sonnenuntergang, den Rücken zukehren. Remi hat ihr genau erklärt, dass das nicht etwa heißt, dass sie eingeschnappt sind. Und dass sie am nächsten Morgen wieder mit ihr reden.

Aber Remi hat ihr nichts, aber auch gar nichts von dieser seltsamen Schwärze erzählt, die sie plötzlich mitten in den zum Boden geneigten Sonnenblumen entdeckt.

In der Nacht war auf einmal die Beule unter der Bettdecke wieder da, eine große Kummerbeule, denn beim Abendessen hatte Céline wieder mit der nadelspitz gespitzten Spitze gebohrt und die baldige Rückkehr nach Paris bestätigt.

»Und Remi?« fragte Mathilde.

»Was ist mit Remi?« erwiderte Céline verärgert, nicht so sehr über diese Frage vermutlich als vielmehr über das vorausgegangene Telefongespräch.

»Nehmen wir ihn mit?«

»Sei doch nicht kindisch, Mathilde. Natürlich nicht! Was glaubst du denn? Remi bleibt hier, bei den Fougerolles!«

Die kindische Mathilde hat während des ganzen Essens den Mund nicht mehr aufgemacht, nicht einmal für die Aprikosentorte, ihren Lieblingsnachtisch. Das perfekte Schmollen. – Schmollen. Grollen. Trübsinn blasen. Fühler einziehen.

Mit einem Blick haben sich Bénédicte und sie verständigt. Treffen sich, kaum dass der Tisch abgeräumt ist, in der Hütte, wohin Bénédicte heimlich ein Stück Aprikosentorte mitbringt, das, wenn es jetzt gegessen wird, keinen Verstoß mehr gegen Mathildes verletztes Selbstbewusstsein darstellt.

In kritischen Momenten ist Bénédicte wirklich bewundernswert.

Sie findet auch, dass die Mütter ihren Töchtern gegenüber völlig rücksichtslos handeln. Dass es nicht normal ist, dass man sie nicht an Entscheidungen teilnehmen lässt, die alle angehen.

Gegenmaßnahmen werden erwogen, wie etwa ein Rückreisestreik oder das Vortäuschen einer schweren Krankheit, die den Transport im Auto oder im Zug nicht zulässt. Diese Solidarität hat die beiden besänftigt, und so willigen sie schließlich ein, ins Bett zu gehen, nachdem sie den Müttern einen Kuss auf die Wange gedrückt haben, aber nur ganz flüchtig, um ihre Missbilligung deutlich zu machen.

Die Beule ist erst viel später unter Mathildes Bettdecke aufgetaucht, als Bénédicte schon schlief. An der Zimmerdecke tauchten auch die drohenden Schatten wieder auf, und unter ihnen einer, vor dem sich Mathilde besonders fürchtet: Ein Gespenst, halb Mensch, halb Tier, das sich auf Entführungen und Trennung von Menschen, die sich lieben, spezialisiert hat. Dieses Gespenst hat oft in Mathildes Schlafzimmer gespukt, als *er* nur noch nach Hause kam, um mit den Türen zu knallen. Mathilde hat das Gefühl, dass es für Remi und sie ein ganz schlechtes Zeichen ist, dass dieses Gespenst, halb Mensch, halb Tier, an der Decke eines Hauses auftaucht, das es nicht einmal kennt ...

Die Sonne ist heute Morgen aufgegangen wie an allen anderen Tagen. Nicht zum ersten Mal stellt Mathilde fest, dass die Natur im Gegensatz zu den Menschen, die sich in kritischen Momenten solidarisch zeigen – Bénédicte und sie zum Beispiel –, ihr eigenes Leben lebt. Sie geht ihre eigenen Wege. Eigentlich hätte es regnen müssen, schließlich hat Mathilde doch geweint.

Auch wenn der Himmel strahlend blau ist, ist dieser Morgen kein Morgen wie jeder andere. Mathilde hat nur einen Gedanken im Kopf: die Sonnenblumen. Am Gatter auf Remi warten. Bénédicte, die genau weiß, dass sie nicht zugelassen wird (nicht mal aus der Ferne, nicht mal ohne zu sehen und ohne zu hören), schlägt vor, das zu nutzen, um die Mütter auf den Markt zu begleiten und ihnen nähere Einzelheiten über diese grässliche Abreise zu entlocken ...

Mathilde muss lange warten, und die Zeit kommt ihr umso länger vor, als die Sonnenblumen, auch wenn sie ihr zugewandt sind, nicht mehr ihr übliches Aussehen haben. Es scheint, als seien ihre Köpfe seit gestern Abend noch schwärzer geworden, und vor allem, als wagten sie nicht mehr zu sprechen. Es sei denn, sie können es nicht mehr ...

Mathilde zuckt zusammen: Remis Hände auf ihren Augen, die erkennt sie unter allen anderen.

»Rat mal, wer das ist!« sagt die singende Stimme.

»Das bist du!« schreit Mathilde, mehr vor Freude als vor Angst.

»Wer ist das, ›du‹?« singt die Stimme weiter.

»Remi!« seufzt sie glücklich.

Und plötzlich bricht sie in Tränen aus. Die ganze Beule, der ganze nächtliche Kummer quillt hervor: Eine erzwungene Abreise ohne vorherige Warnung, eine Mutter, die ihr Kind mit einer nadelspitz gespitzten Spitze tötet, ein Gespenst, halb Mensch, halb Tier an der Schlafzimmerdecke und schließlich die kranken Sonnenblumen. Remi scheint sich mehr dafür zu interessieren, gierig die Tränen abzulecken, die Mathilde über die Wange rinnen, als ihrem ziemlich verworrenen Katastrophenbericht zuzuhören, aber er scheint dennoch das Wesentliche mitbekommen zu haben, denn nachdem die Beule ausgetrocknet ist, erklärt er selbstsicher: »Dann fahren *wir* eben weg!«

»Was?« fragt Mathilde, deren Sinne noch etwas von den Tränen getrübt sind.

»Dann fahren wir zwei beide eben weg! Kapiert ...?«

Ja. Sie kapiert. Sie kapiert vollkommen. Sie hatte es ja ihrer Mutter gesagt, nach dem ersten Luftsprung auf der Schaukel: »Remi ist genial!« Das hat sich in diesem Augenblick bestätigt, denn auf diesen Gedanken waren weder Bénédicte noch sie gekommen.

Aber was Remi gerade beschlossen hat, ist nicht nur genial, das ist vor allem ausgesprochen schön. Niemand hat Mathilde je etwas so Schönes vorgeschlagen, seit sie auf die Welt gekommen ist. Da ist sie sich sicher. Todsicher. Dabei ist das schon lange her, dass sie auf die Welt gekommen ist: mindestens sechs Jahre. Wenn sie Remi nicht schon alle Tränen zu trinken gegeben hätte, hätte sie gern noch eine letzte, eine andere Träne vergossen, um die Schönheit zu begießen.

Remi und sie nehmen sich an die Hand und blicken zu den Sonnenblumen auf. Ein feierlicher Moment. Noch feierlicher als an dem Tag, als die Butterblume ihr Geheimnis preisgegeben hat. Die Sonnenblumen sollen Zeugen ihres gemeinsamen, endgültigen Beschlusses sein. Das müssen die beiden schwören. Aber bevor Mathilde schwört, vor dem Eid, will sie wissen, was mit den Sonnenblumen ist: »Sterben die Sonnenblumen bald?« fragt sie ergriffen.

»Ja! Zuerst ein bisschen, aber dann nicht mehr«, erwidert Remi lakonisch.

»Aber warum wird das Gelb denn schwarz?« fragt sie nachdrücklich, denn so ein Gelb, ein Gelb, das einen schwindlig macht, das dürfte man doch nie anrühren, findet sie. Dabei spricht auch die Künstlerin aus ihr.

»Das sind die Kerne, die schwarz werden«, erklärt Remi. »Aber die Kerne sterben nicht, die bringen andere Sonnenblumen hervor! Genau wie du, Thilde, du stirbst auch nicht. Du bringst auch ein Samenkorn hervor, eine andere Thilde oder vielleicht (Remi wirkt plötzlich richtig schüchtern) ... einen anderen Remi! Das müssen wir mal sehen!«

Sie bewundert wieder einmal Remis Kenntnis der Sonnenblumen und der Natur im allgemeinen. Eines Tages hat ihr die Mutter tatsächlich von diesem Samenkorn erzählt, aus dem Mathilde hervorgegangen ist, aber sie hatte damals den Eindruck gehabt, dass *er* auch irgendwie daran beteiligt war. Wie dem auch sei, die Vorstellung von einer anderen Thilde oder einem anderen Remi gefällt ihr ausgezeichnet ...

Jetzt brauchen sie nur noch zu schwören, dass sie gemeinsam wegfahren. Alle beide wenden sich den Sonnenblumen zu.

»Ich schwöre!« sagt Mathilde und denkt dabei ganz fest an Großmama und Félix, die mit gutem Beispiel vorangegangen und nach Sevilla gefahren sind.

»Ich schwöre!« sagt Remi.

Aber in dem Augenblick, da er auf die Erde spucken will, hält ihm Mathilde die Hand hin. Diesmal will auch sie Remis Versprechen auflecken, aus ihrer hohlen Hand.

Die Dinge überstürzen sich. Es ist immer dasselbe: Die Ferien dauern ewig, man hat den Eindruck, dass sie nie zu Ende gehen, und dann, von einem Tag auf den anderen, sprechen alle nur noch davon, nach Hause zurückzufahren. Die Koffer tauchen wieder auf, Reisevorbereitungen werden getroffen. Am Meer war das genauso und ebenso verwirrend. Nur die Aussicht auf einen neuen Mantel und neue Malsachen machte die Rückkehr nach Paris erträglich.

In diesem Jahr ist das anders. In diesem Jahr gesellt sich Mathilde nicht wie ein zusätzliches Paket zum Gepäck der Erwachsenen, die alles allein entscheiden: Sie packt selbst ihren Koffer. Aber heimlich, nicht einmal Bénédicte, die mit Christiane schon früher abreist, weiß davon. Mathilde hat gezögert, ob sie Bénédicte ins Vertrauen ziehen soll oder nicht. Remi hat schließlich entschieden, dass sie nichts erfahren soll. Er hat Angst, dass sie Lust haben könnte, mitzukommen. Er hat nicht Unrecht. Verliebte müssen auch mal allein sein, selbst wenn Bénédicte bereit ist, sich ein paar Schritte zu entfernen, wenn man sie darum bittet. Aus diesem Grund wollte Großmama nicht, dass Mathilde sie und Félix nach Sevilla begleitet, und Mathilde hat das gut verstanden. Sie hat nicht darauf beharrt, als sie auf dem Bahnsteig waren, auch wenn sie ein bisschen geweint hat, als sie sah, wie sich der letzte Wagen des Zugs entfernte …

Mathilde sammelt also unauffällig ihre Sachen zusammen. Doch vor allem bereitet sie sich innerlich auf die Abreise vor, und plötzlich stellt sie fest, dass sie nichts mehr wieder erkennt. Weder die Schatten an der Schlafzimmerdecke, noch die Worte, die sie mit ihrer Mutter wechselt, noch die Spiele mit Bénédicte. Sogar der Pfefferminzsirup hat einen anderen Geschmack.

Geheimnisse hat Mathilde schon haufenweise gehabt, aber ein Geheimnis wie dies, das den Geschmack von Pfefferminzsirup ändert, nein, so eins noch nie! Da muss sie sich ja beinahe fragen, ob sie noch die Mathilde ist oder ob zufällig jemand anders ihren Platz eingenommen hat, als sie vor den Sonnenblumen den Schwur ablegte.

Äußerlich ist sie wohl noch die gleiche, denn niemand hat etwas gemerkt, aber innerlich, nein, innerlich nicht.

Wenn sie sich treffen, Remi und sie, dann denken sie nur innerlich, denken daran, was sie beide verheimlichen, er und sie. Alles was sie dann sagen und tun, ist so intensiv, dass die Kraft ihrer Blicke sie ständig hochhebt, bis sie Luftsprünge machen, ohne sich zu rühren, so hoch wie die Sonne. In diesen Augenblicken kann nichts und niemand sie erreichen.

Die Natur beeindruckt sie am meisten. Dank Remi, der Mathilde mit den Insekten versöhnt hat (aber nicht mit den Spinnen), verbringen sie unendlich viel Zeit damit, die unbeholfenen Anstrengungen eines Käfers zu verfolgen, der wieder auf die Beine zu kommen versucht, oder den Sturzflug der schwarzgelb gestreiften Libellen, die inmitten einer Wolke von kleinen Mücken wie Hubschrauber wirken.

Neulich haben sie am Fluss zwei blaue Libellen beim Luftsprung überrascht. Mathilde hat genau gesehen, wie der Libellenjunge das Libellenmädchen am Hals packte, ehe er sich über ihr krümmte. Remi sagte »Pst!«, und vor Mathildes staunenden Augen machten die beiden Libellen einen Knoten in Form eines Herzens. Mathilde hätte nie gedacht, dass man so wahnsinnig verliebt sein kann. Die Tränen stiegen ihr in die Augen.

Mathilde muss zugeben, dass sie jetzt, aufgrund des Geheimnisses mit Remi, noch viel empfänglicher ist für alles, und findet es unglaublich, dass man so ein Geheimnis bewahren kann, ohne dass die anderen es merken, insbesondere ihre Mutter, deren Augen durch Hauswände hindurchblicken können.

Sie beide, Mathilde und Remi, sind jetzt zu viert: Eine übliche Mathilde und ein üblicher Remi, die so tun, als sei nichts geschehen, und eine heimliche Mathilde und ein heimlicher Remi, die im Stillen vom Tag der großen Abreise träumen.

Selbst Bénédicte hat nicht gemerkt, dass sie, wenn sie am Fluss in den Wasserfall springen, plötzlich viel zahlreicher sind und dass sie beim großen Familien-Quartett zwei Partner hat, auch wenn ihr nicht entgangen ist, dass Mathilde manchmal ein ganz merkwürdiges Gesicht macht.

»Wo bist du denn bloß mit deinen Gedanken?« hat Bénédicte sie mehrmals gefragt ...

Als sie heute Nachmittag vom Fluss zurückgekommen sind, hat Christiane verkündet, dass sie die Koffer packt: Bénédicte und sie reisen morgen Mittag ab. Mathilde hatte das ganz vergessen, denn für sie gibt es nur eine Abreise: die Abreise mit Remi.

Sie sitzen gemeinsam am Kaffeetisch. Bénédicte knabbert wieder einmal endlos an einem Keks herum, den sie nicht aufisst. Mathilde bestreicht ihr Brot mit hausgemachter Aprikosenmarmelade.

Bénédicte sieht man an, dass sie jemandem eine Frage stellen möchte, die diesem jemand nicht passt.

Mathilde kommt ihr zuvor: »Was ist?«

»Ich möchte gern zum Bauernhof gehen, um Remi auf Wiedersehen zu sagen«, verkündet Bénédicte.

»Na klar!« erwidert Mathilde entzückt.

»Ja schon, aber ich möchte gern allein hingehen, ohne dich!«

Mathilde fährt zusammen: »Warum denn allein?«

»Darum!« erwidert Bénédicte undurchdringlich.

»Was heißt hier darum?« erwidert Mathilde gereizt.

»Ja, darum!«

Und dann platzt Bénédicte heraus: »Du hast Remi ja die ganze Zeit für dich gehabt, da kann ich ihn ja wohl auch mal kurz für mich haben, nur um ihm auf Wiedersehen zu sagen!«

Zu viele Dinge schießen Mathilde durch den Kopf, zu viele widersprüchliche Gedanken. Was ihre beste Freundin da von ihr verlangt, ist scheinbar völlig gerechtfertigt, völlig harmlos, aber zugleich auch völlig unzulässig, völlig niederträchtig.

Was würde eine Frau in diesem Fall tun? fragt sich Mathilde zum x-ten Mal. Einen Augenblick sagt sie sich, dass sie vielleicht ihre Mutter um Rat fragen könne, weist den Gedanken jedoch sogleich wieder zurück, um nicht ihr Selbstbewusstsein zu verletzen. War im Übrigen nicht Bénédictes verletztes Selbstbewusstsein daran schuld, dass sie diese Forderung stellt? Man muss allerdings zugeben, dass die Ferien für sie vermutlich nicht immer ganz einfach waren, weil sie drei, fünf oder zwanzig Schritte von der Stelle entfernt bleiben musste, wo sich die Dinge abspielten, und noch dazu, ohne daran teilzunehmen! Wenn das der Grund ist, kann Bénédicte jetzt garantiert Rache nehmen, denn sie weiß, dass Mathilde sich ihr nicht widersetzen kann.

Mathilde hat nur noch einen Ausweg. Sie muss die edelmütige, selbstsichere große Dame spielen: »Aber natürlich, geh doch hin, wenn du Lust hast! Mir ist das egal.« Und um sich nicht in die Ecke drängen zu lassen, fügt sie geschickt hinzu: »Bestell Remi doch bitte von mir: Morgen Nachmittag an der verabredeten Stelle! ...«

Während der ganzen Zeit, die Bénédicte auf dem Bauernhof verbringt, also ein paar Millionen, nein, Milliarden Jahre, malt Mathilde unter dem Foto von ihrer Großmutter und Félix verliebte Libellen, blaue Herzen. Eines tut ihr ganz besonders weh: Der Abschiedskuss zwischen Bénédicte und Remi, den sie ein paar Millionen, nein, Milliarden Mal vor ihren Augen vorüberziehen lässt, mit nadelspitz gespitzten Buntstiften.

Mathilde ist immer noch in ihrem Zimmer, als ihre Peinigerin sichtlich sehr zufrieden und mit ebenso sichtlich verschmutzten Turnschuhen zurückkommt.

Die halb zu Tode Gemarterte legt ihre Gemälde zur Seite und setzt sich in den äußerst originellen Sessel mit den zwei Sitzen, die sich den Rücken zukehren – falls man sich mal verkracht. Das ist der ideale Augenblick, um den Sessel einzuweihen.

Bénédicte setzt sich auf den zweiten Sitz. Sie sitzen Rücken an Rücken. Und Remi ist zwischen ihnen. Für ihn. Wegen ihm. Es ist ernst. Sehr ernst.

»Na, wie war's?« fragt Mathilde ironisch.

»Wie soll's schon gewesen sein?«

»War Remi da?«

»Ja, er war da.«

»Und was habt ihr gemacht?«

»Nichts haben wir gemacht. Wir haben uns unterhalten.«

»Über mich?«

»Nein ...«

»Worüber dann?«

Bénédicte antwortet nicht. Sie wird auch nicht antworten, weder heute noch morgen. Und morgen ist es sowieso zu spät, da sie ja wegfährt. Aber Mathilde muss unbedingt wissen, wie das mit dem Abschiedskuss gewesen ist, nur das mit dem Kuss. Sie versucht es noch einmal: »Habt ihr euch verabschiedet?«

»Ja.«

»Dann hat er dir also einen Kuss gegeben?«

»Ja ...«

»Aber was für einen? Was für einen Kuss hat er dir gegeben?«

Bénédicte antwortet nicht. Sie wird auch nicht antworten. Weder heute noch morgen.

»Auf den Mund?« fragt Mathilde, zu allem bereit.

»Nein ...«

»Aber wohin dann?« ruft Mathilde.

»Dahin«, erwidert Bénédicte ruhig.

Mathilde dreht sich um. Bénédicte zeigt auf ihre Hand, auf den Handrücken.

»Was, er hat dir die Hand geküsst?« stammelt Mathilde.

»Ja ... wie in einem Film, den er im Fernsehen gesehen hat«, sagt Bénédicte und plustert sich auf.

»Und das ist alles?«

»Ja, das ist alles. Warum?« fragt Bénédicte verwundert.

Mathilde fällt ihr um den Hals. Ihre Freundin. Ihre beste Freundin. Ihre Freundin seit undenklichen Zeiten. Sie sind nicht mehr verkracht. Überhaupt nicht mehr verkracht. Sind es nie gewesen. Werden es nie sein. Durch dick und dünn ...

Es versteht sich von selbst, dass anschließend, beim Abendessen, gute Laune herrscht. Um die Kochkünste der Mütter, die besonders gut und reichlich aufgetischt haben, gebührend zu würdigen, werfen sich die Töchter richtig in Schale. Als sich Mathilde zu dem weißen Spitzenkleid (zu Ehren von Christiane) die Perlenkette mit der herzförmigen Muschel in der Mitte (zu Ehren von Bénédicte) um den Hals legt, fällt ihr endlich ein – vermutlich hat ihr das Foto aus Sevilla auf ihrem Sekretär auf die Sprünge geholfen –, woran sie die Muschel erinnert: An ein wunderschönes Porträt, das Félix in Paris von ihrer Großmutter gemalt hat.

Auf die Augenlider seiner Verlobten hatte Félix zwei wie Perlmutt schimmernde rosafarbene Muscheln gemalt, die vom Meersalz zu glitzern schienen. Beim Anblick dieses Bildes hatte Mathilde übrigens beschlossen, später zu malen, wie Félix, denn so hübsche Muschelaugen hatte sie noch nie gesehen ...

Beim Abendessen geht es fröhlich zu, auch wenn es das letzte gemeinsame Essen ist. Die schönsten Augenblicke dieser gelungenen Ferien werden noch einmal ins Gedächtnis gerufen. Bénédicte ist gar nicht wieder zu erkennen, denn sie isst schon ihre dritte frittierte Aubergine. Vielleicht liegt das an dem Kuss wie im Fernsehen, denn Bénédicte hat sich geweigert, sich vor dem Essen die Hände zu waschen. Céline und Christiane rühmen sich, ein bisschen »beschwipst« zu sein, während sie sich Wein nachschenken. Remi wird oft in der Bestenliste der Erinnerungen zitiert, und jedes Mal legt Mathilde dann die Hand auf das Muschelherz an ihrem Hals. Es ist klar, dass Großmamas zärtlicher, verständnisvoller Blick dank der Muschel künftig auf Mathilde ruht und sie am Tag der großen Abreise schützen wird ...

Es ist spät, als die Mütter zwischen zwei Lachanfällen die Töchter zudecken. Sie scheinen sich nicht darüber zu wundern, dass Mathilde und Bénédicte glucksend im selben Bett liegen. »Beschwipste« Mütter sind eben viel entgegenkommender. Wein zu trinken muss wohl gut tun, das scheint alles viel leichter zu machen. Und außerdem mag es Mathilde so gern, wenn ihre Mutter lacht, ohne einen Grund zu haben!

Christiane setzt sich neben Mathilde aufs Bett. »Ich habe ein kleines Geschenk für dich«, sagt sie und zieht etwas aus der Tasche.

Es ist ein Foto von Remi, der, umgeben von Ziegen, in der Matrosenbluse auf der verrosteten Öltonne sitzt. Mathilde fragt sich, ob sie lachen oder weinen soll. Sie entscheidet sich für ein bisschen von beidem, aber am Ende überwiegt das Lachen. Christiane kann nicht so gut mit Worten umgehen wie ihre Mutter, aber was Gesten angeht, da ist sie unschlagbar. Mathilde versteht, warum Céline sie unbedingt braucht, um die richtige Geste zu machen, wenn *er* nicht da ist oder wenn *er* mit den Türen geknallt hat. Wenn Mathilde jemandem von der großen Abreise erzählen müsste, dann würde sie sich vielleicht Christiane anvertrauen ...

Nach endlosen Küssen und Umarmungen geht das Licht aus.

Bénédicte und Mathilde ziehen ihre Nachthemden aus und schmiegen sich unter den großen weißen Gazeschleiern aneinander. Bénédictes Haut ist überall sanft und weich, auch an den Ellbogen und Knien. Sie duftet nicht nach gesalzenen Erdnüssen. Auch sie schmeckt süß, wenn Mathilde die Zunge über die Haut ihrer Freundin gleiten lässt, aber mit einem leichten Beigeschmack von Lakritz.

Mathilde hat die Perlenkette mit der Muschel anbehalten, die leise auf der Bettdecke raschelt. Die Grillen zirpen hinter dem halb geschlossenen Fensterladen, der schimmerndes Mondlicht hereinlässt.

An der Zimmerdecke ist nichts zu sehen. Kein Gespenst, halb Mensch, halb Tier.

Mathilde denkt an das Foto von Remi, das sie unter das Kopfkissen geschoben hat. Sie denkt so fest daran, dass sich ihre Beine um Bénédictes Beine knoten. Der Knoten mit Bénédicte ist sehr angenehm, viel angenehmer, als sie dachte. Anscheinend ist ein Knoten mit einem Mädchen gar nicht so anders als ein Knoten mit einem Jungen ...

»Schläfst du?« flüstert Mathilde neben Bénédictes Nacken.

»Nein«, erwidert Bénédicte, der der Knoten genauso gut zu gefallen scheint.

»Hast du eine Gänsehaut?«

»Nein. Warum? Hast du etwa eine?«

»Nein, ich auch nicht«, stellt Mathilde fest.

»Das ist völlig normal«, bemerkt Bénédicte. »Dafür ist es viel zu heiß!«

Mathilde würde am liebsten zu ihrer besten Freundin sagen: »Ne Gänsehaut, die kriegst du nicht, wenn dir kalt ist ...« Aber wozu schon?

Nachdem Christiane und Bénédicte abgefahren sind, wirkt das Haus richtig leer.

Mathilde hatte sich so daran gewöhnt, dass Bénédicte ihr überallhin folgte, dass sie ihr jetzt, wo sie nicht mehr da ist, wirklich fehlt. Auch Céline scheint sich im Kreis zu drehen.

Diesmal erweist sich wenigstens die Natur solidarisch. Ein stürmischer Wind weht um Haus und Garten.

Mutter und Tochter beschließen, trotz der plötzlichen Kühle nicht auf den Fluss zu verzichten. Remi wartet wie immer in Turnzeug vor dem Bauernhof auf sie. Sein Haar ist noch zerzauster als sonst.

Immer wenn sie Remi wieder sieht, kann sich Mathilde nicht der ängstlichen Frage erwehren: Und wenn? ... Und wenn Remi sie nicht mehr so liebt wie bisher? Aber zum Glück kann sie aufatmen, sobald sie einen Blick auf ihn geworfen hat: Ja, er liebt sie noch genauso, und vielleicht noch mehr, seit sie vor den Sonnenblumen den Schwur abgelegt haben ...

»Heute ist aber ein fürchterlicher Mistral, findet ihr nicht?« sagt Céline laut und sieht Remi fragend im Rückspiegel an.

»Mistral, so heißt das bei den Touristen! Bei uns heißt es Bise!« antwortet Remi schlagfertig.

»Ach so!« sagt Céline, ohne weiter darauf einzugehen.

Mathilde lächelt Remi zu. Ihrem Wolf. Er gefällt ihr, der Remi, wenn er wieder ungezähmt ist und ein bisschen frech wird. Und außerdem, dass eine Bise, auch wenn ihr das »r« fehlt, genauso steif ist wie eine Brise, das findet sie einfach wunderbar.

Da Bénédicte nicht mehr da ist, warten Mathilde und Remi nicht mehr auf Kurven, um ihre Knie aneinander zu schieben, sondern sie warten auf Kurven, um sich etwas ins Ohr zu flüstern, weil Céline die Augen nicht vom Rückspiegel lässt.

Der Blick ihrer Mutter macht Mathilde, jedes Mal, wenn sie ihm begegnet, stutzig. In ihm liegt Zärtlichkeit, aber auch Sorge. Wenn Mathilde hohes Fieber hat und der Arzt auf sich warten lässt, hat Céline den gleichen Blick. Es sieht so aus, als sei ihre Mutter heute gar nicht mehr so erfreut darüber, sie zusammen zu sehen, Remi und sie, und als gäbe es etwas, das sie beunruhigt ...

»Mama, ist irgendwas?« fragt Mathilde schließlich.

»Nein, nein, mein Schatz«, erwidert Céline. »Nur ...«, fügt sie hinzu, »ich hoffe nur, dass sich der Wind vor unserer Abreise legt.«

Das Wort lässt die beiden auf der Rückbank zusammenzucken. Nicht das Wort »Wind«, sondern das Wort »Abreise«. Mathilde glaubt nicht, dass sich ihre Mutter wirklich Sorgen über den Wind macht. Nein, das glaubt sie nicht. Jetzt ist es so weit. Jetzt ist der Augenblick da, um zu erfahren, wann die Abreise ist.

Sie lässt ihre Hand in Remis Hand gleiten.

»Also … wann fahren wir denn ab?« fragt Mathilde so natürlich wie möglich.

»Morgen … morgen Mittag …«, erwidert Céline und weicht dem Blick ihrer Tochter im Rückspiegel aus.

Auf der Rückbank drücken sich die beiden ganz fest die Hand.

Morgen! …

Diese Antwort hatte sie befürchtet. Normalerweise ist morgen immer viel zu weit entfernt, weil es nicht heute ist. Aber diesmal ist morgen schon sehr bald, anders gesagt, jetzt sofort!

Mathilde blickt Remi an. Sie denken an das Gleiche, an ihre Abreise zu zweit, die große Abreise. Sie denken das Gleiche: Heute Nacht ist es so weit.

Niemand sagt mehr etwas, bis sie den Fluss erreichen …

Die Sonne ist sengend heiß, aber der Wind eisig. Weder Remi noch Mathilde steht der Sinn danach zu spielen. Nachdem sie der Form halber ein paar Mal in den Wasserfall gesprungen sind, stürzen sie sich auf die Badetücher und auf das Picknick hinter einer kleinen Mauer aus Kieselsteinen, die als

Schutz vor dem Wind und vor Céline dient, die ein wenig abseits in der Sonne liegt, um sich am ganzen Körper bräunen zu lassen. Remi verfolgt aufmerksam die Fortschritte, die Célines Bräune macht, auf der Vorderseite, dann auf der Rückseite, was Mathilde ganz normal findet für einen normal entwickelten Jungen, der noch dazu darauf angewiesen ist, die Mütter der anderen zu betrachten, da er keine eigene Mama hat. Über seine Mutter will Remi noch immer nicht sprechen, selbst wenn sie allein sind, aber er ist äußerst gesprächig, sobald es um seinen Vater geht ... Remi fragt sich, genau wie Mathilde, warum die Väter eigentlich so systematisch verschwinden. Aber er ist fest entschlossen, ihn wieder zu finden.

Remi und Mathilde planen alles für die große Abreise. Uhrzeit, Ort und alles. Sie wissen noch nicht, ob sie für immer wegfahren oder nur auf Reisen gehen sollen wie Großmama und Félix.

Mathilde hat Sevilla vorgeschlagen, aber Remi möchte lieber nach Italien, weil er dank Vater Fougerolles schon weiß, was Tomate auf Italienisch heißt. Remi ist der Ansicht, dass die Sprache ungeheuer wichtig ist. Mathilde gefällt vor allem Remis Akzent. Eines Tages hat sie zu ihm gesagt: »Wenn du redest, klingt es wie Gesang.« Da hat Remi Mathilde erklärt, dass der Grund dafür, warum sie beim Reden nicht singt, nur darin liegt, dass sie wie alle Leute aus Paris die Worte nicht bis zu Ende ausspricht, sondern sie einfach abhackt, kein Wunder also, dass es so abgehackt klingt.

Das war eine sehr interessante Diskussion. Anschließend haben sie beide die Zunge herausgestreckt, um sie zu vergleichen. Um zu sehen, ob Mathildes Zunge abgehackter ist als Remis Zunge. Aber der Unterschied zwischen den Akzenten lässt sich so nur schwer feststellen, selbst wenn man sich ganz lange küsst, wie sie es anschließend getan haben ...

Mathilde ist einverstanden mit Italien, nicht aus sprachlichen Gründen, sondern wegen dem Eis, und dann bauen sie aus all den Badetüchern und Ästen, die Remi am Fluss gefunden hat, ein Zelt, wie in der Sahara. In dem Zelt ist nur wenig Platz. Sie ziehen die Sandalen aus und legen sich mit angewinkelten Beinen hinein, kopfüber, kopfunter.

Mathilde ist ganz gerührt, denn es ist ihr erstes gemeinsames Schlafzimmer und das erste Mal, dass sie gemeinsam darin schlafen, auch wenn sie nur so tun, auch wenn sie noch nie so hellwach gewesen sind. Mathilde ist wie elektrisiert davon, dass sie Remi Knie an Knie, Bein an Bein gegenüberliegt, elektrisiert wie an manchen Tagen, wenn es ein Gewitter gibt.

Ihr einteiliger Badeanzug (den sie mit ihrer Mutter wegen der gelben Farbe und dem vielversprechenden Ausschnitt ausgesucht hat) ist noch feucht und kribbelt auf der Haut.

Sie sagen nichts, da sie ja eigentlich schlafen, aber sie ist sicher, dass auch Remi die Mischung aus Erdnüssen und Vanille riecht. Die Handtücher peitschen im Wind. Mathilde stellt sich schlafend. Sie weiß nicht, worauf sie wartet, aber sie wartet.

Zunächst ist es kaum spürbar, aber dann spürt sie es deutlich: Remis Zehen gleiten unter ihrem Schenkel entlang. Wie eine kleine Maus oder eher wie das Schnäuzchen einer Katze, die eine Schale warmer Milch gewittert hat.

Sich nicht rühren. Abwarten, wo die Katze hinwill. Mathilde verfolgt mit geschlossenen Augen das zarte Schnäuzchen, das sie kitzelt. Es bewegt sich langsam aber sicher zu jener Stelle hin, mit der sie gerechnet hatte ...

Am Meer, wenn ihre Vettern zwischen Mathildes Beinen Löcher in den Sand gruben, hatten auch sie die Schale Milch gewittert, aber keiner hatte sich je so nah herangewagt. Remi dagegen wagt es. Das ist ja auch normal, dass ein Liebster es wagt. Er hat das Recht dazu.

Draußen legt der Wind eine Pause ein. Große Stille. Nur der Fluss klimpert auf seinen Xylophonsteinen.

Ihr ganzes Leben lang möchte Mathilde sich schlafend stellen, auf Remi und sein Katzenschnäuzchen warten ...

»Was macht ihr denn da drin?«

Célines Stimme peitscht stärker als der Wind. Sie hat ihre misstrauische Erwachsenenmiene aufgesetzt, die Mathilde hasst.

»Äh ... Öh ... nichts! Nichts machen wir! Wir schlafen!« stottert Mathilde, während sich das Naschkätzchen möglichst weit verkriecht.

Schelte. Alles wieder herrichten, so wie es war. Sich anziehen. Sich beeilen. Nun aber ab nach Hause, und ein bisschen dalli!

Auf dem Rückweg sind Célines Augen im Rückspiegel zornig. Mathilde seufzt. Remi lehnt sich nicht in den Kurven gegen sie. Er sitzt kerzengerade am äußersten Ende der Sitzbank.

Mathilde sinnt traurig über die Macht der Mütter nach, vor allem ihre unberechenbare Art.

Was will ihre Mutter bloß? Will sie, dass ihre Tochter einen Liebsten hat oder nicht?

Jetzt ist Mathilde zornig. Man stürmt nicht einfach bei anderen Leuten ins Haus, ohne vorher an die Tür zu klopfen, selbst wenn die Tür nur ein Badetuch ist!

Es tröstet sie, dass sie zornig ist, das kommt ihr gerade recht: Denn vielleicht ist es besser, dass ihre Mutter in der Nacht, in der Mathilde sie, ohne ihr auf Wiedersehen zu sagen und ohne ein Abschiedsschmusen, verlässt, zu ihrer Feindin wird ...

Mitternacht ist der geeignete Zeitpunkt, um sich mit seinem Liebsten davonzumachen, aber es erfordert viel Geduld. Man muss gegen den Schlaf ankämpfen und darf nicht zu oft an die Decke sehen. Die Nachtgespenster besuchen nicht nur die Schlafzimmer, sie können genauso gut in die anderen Räume des Hauses kommen – in die Küche zum Beispiel, wo Mathilde sich schließlich neben den Vorratsschrank mit den Süßigkeiten und gegenüber von der Standuhr, die alle Viertelstunde schlägt, hingesetzt hat.

Sie sitzt am Küchentisch und spielt auf ihre Weise inmitten von Keksen und Marmeladen das große Familien-Quartett.

Sie hat bereits die Tochter Lagonflette mit dem Sohn Grosbeta vermählt und der Familie Vermicelle, die die Hoffnung auf Kinder schon aufgegeben hatte, eine Tochter geschenkt. Es fällt ihr schwer, die Großeltern ins Grab zu bringen, vor allem die Großmütter.

Sie muss Remi unbedingt nach seinem Nachnamen fragen, denn sie möchte gern wissen, wie ihre Familie heißen wird, wenn sie von der Reise zurückkommen.

Draußen weht weiterhin ein starker Wind, und die Fensterläden schlagen, aber sie hat trotzdem ihr gepunktetes Kleid mit den Rüschenärmeln angezogen, das Remi so gern mag, und auch die Perlenkette mit der herzförmigen Muschel, damit Großmama Remi und sie beschützt.

In den kleinen Koffer, in dem sie normalerweise ihre Zeichensachen und ihre Kostbarkeiten (wie Remis rosa Kiesel und das Foto ihrer Großmutter) aufbewahrt, hat sie außer ihrem neuen Reisenecessaire und dem Fläschchen Lavendel noch Christianes weißes Kleid gepackt (falls sie in Italien heiraten), die karierte Kniehose mit der kurzärmligen weißen Bluse, die auf dem Bauch verknotet wird (falls sie an einer Schaukel vorbeikommen), die rosa Schleifenbluse (mit dem darin enthaltenen Rezept ihrer Mutter, das noch zu keinem nennenswerten Ergebnis geführt hat, denn die Druckknöpfe sind bisher unverändert geblieben) und den einteiligen Badeanzug (damit das Katzenschnäuzchen beim Mittagsschlaf wiederkommt).

Wenn sie spürt, dass sie kurz davor ist einzuschlafen, isst sie einen Keks, auch wenn sie schon lange keinen Hunger mehr hat.

Eine ganze Weile hat sie geglaubt, ihre Mutter würde nie zu Bett gehen. Céline hat einen Lindenblütentee nach dem anderen getrunken. Ihr Zorn hatte sich gelegt, und Mathilde hatte den Eindruck, dass ihre Mutter sich Vorwürfe machte, nicht an das Handtuch geklopft zu haben, ehe sie in das Schlafzimmer stürmte. Sie sprach mehrmals von Remi und kümmerte sich sehr um ihre Tochter, mit besonders herzlichen Worten, bis Mathilde einfiel, dass Céline ja gar nichts von der großen Abreise wusste und dass es in ihren Augen gewissermaßen der letzte Abend für Remi und Mathilde war.

Mathilde hat natürlich im Lügen schon etwas Erfahrung, wie alle Mädchen. Darum kommt man nicht herum. Man muss die Mutter manchmal einfach anlügen. Das ist ein Teil der Erziehung. Aber es gibt solche und solche Lügen. Wenn man verschweigt, dass man heimlich ausreißen will, ist das immerhin eine schwere Lüge. Während des Abendessens war Mathilde mehrmals drauf und dran, alles zu gestehen, so schuldig fühlte sie sich, vor allem als Céline eine herrliche Schale Vanillecreme mit Eierschaum auf den Tisch stellte, den Nachtisch für große Gelegenheiten ...

Doch Mathilde hat eisern durchgehalten: Sie hat nichts gesagt, und sie ist sicher, dass sie dadurch ein ganzes Stück gewachsen ist. So eine Lüge muss einfach gut sein für die Druckknöpfe. Sie trägt bestimmt dazu bei, dass die Brüste wachsen und alles andere auch. Jetzt ist es für Reue sowieso zu spät. Jetzt ist sie mit Remi um Mitternacht in der Hütte verabredet. Sie hat darauf gedrungen, dass die Hütte der Treffpunkt sein soll, weil sie sich ganz in der Nähe des Hauses befindet, denn Mathilde ... nachts ... ganz allein ... draußen ...

Die Fensterläden schlagen immer heftiger, fast so laut wie ihr Tamtam-Herz, denn in einer Viertelstunde ist es Mitternacht, wie der Glockenschlag verkündet.

Er hat ihr beigebracht, die Stunden und die Minuten einer Uhr zu lesen. Wer weiß, vielleicht hat *er* das extra getan, weil er sich gesagt hat, dass seine Tochter das eines Tages brauchen könne, um mit Remi auszureißen. Sie fragt sich, ob auch *er* ohne an das Badetuch zu klopfen plötzlich aufgetaucht wäre und geschrien hätte: »Was macht ihr denn da drin?«

Mathilde legt das Kartenspiel weg und schraubt die Marmeladengläser zu.

Es ist so weit.

In Filmen oder in den Büchern, die ihr die Mutter vorgelesen hat, sind ihr schon kleine Mädchen begegnet, die von zu Hause ausgerissen sind, oft für immer. Manchmal hat Mathilde mit ihnen geweint. Aber es ist völlig anders, wenn man mit einem Liebsten ausreißt, wenn die Sache ernst ist. Es stimmt nicht, dass man unglücklich ist. Man sagt sich nur »Es ist so weit« und empfindet nichts, gar nichts.

Mit ihrem Koffer in der Hand verlässt Mathilde die Küche durch die Tür, die direkt in den Garten führt. Der Himmel ist voller Sterne, und dennoch lässt sie der kalte Wind erschauern und presst das gelb gepunktete Kleid an ihre Beine. Vor ihr: die Hütte, Remi, Italien. Hinter ihr: das Haus, Mama, die Schule.

Wenn man größer werden will, muss man einen Schritt nach vorn machen, nicht nach hinten. Das ist alles. Sonst bleibt man immer ein kleines Mädchen. Die Stimme kommt jedoch von hinten, die gleiche Stimme wie immer: »Mathilde?«

Mathilde hört schon wieder Ma-Thilde. Die Mutter ruft also ihre Thilde mit einer Stimme, in der mehr Überraschung als Ärger liegt.

Die Thilde dreht sich um. Am offenen, vom Mond halb erleuchteten Schlafzimmerfenster scheint Céline aus einem schlechten Traum zu erwachen: »Was machst du denn da unten?«

Mathilde sagt sich, dass ihre Mutter wahrhaftig die Gabe hat, in den ungeeignetsten Augenblicken aufzutauchen. Sie hat die Gabe, Fragen zu stellen, die man nicht stellt: Was sie denn da unten oder was sie denn da drin macht.

Diesmal muss sie standhaft bleiben, den Kopf hochhalten. »Ich gehe weg. Ich gehe mit Remi weg!« erwidert Mathilde unbeirrt.

»Was soll das heißen, du gehst mit Remi weg?«

Aufruhr im Schlafzimmer, Türen, die zugeknallt werden – kein gutes Zeichen –, und dann Céline, die im Nachthemd angerannt kommt.

Mutter und Tochter stehen sich im Wind kampfbereit gegenüber. Die eine riesig, die andere klein.

Die eine perplex, die andere ganz ruhig, mit dem Koffer in der Hand.

»Remi und ich wollen heiraten!« erklärt Mathilde.

Célines Mund verzerrt sich, aber es ist schwer zu sagen, ob vor Wut oder vor Lachen. Vielleicht weiß ihr Mund selbst nicht, was er tun soll.

»Wir fahren nach Italien!« fügt die Kleine unerschütterlich hinzu.

An der Stelle ihrer Mutter würde Mathilde jetzt lachen, ihre Tochter in den Arm nehmen und ihr eine gute Reise wünschen, und sie würde ihr sogar helfen, den Koffer bis zur Hütte zu tragen, ja, das würde sie an ihrer Stelle tun.

Ohrfeigen sieht man im Allgemeinen kommen. Man rechnet mit ihnen, weil sie meistens verdient sind. Sie tun nicht weh, weil man einverstanden ist. Mathilde hat nicht viele in ihrem Leben erhalten, und wenn, dann war sie immer einverstanden.

Aber die, die sie jetzt erhält, hat sie nicht kommen sehen. Sie hat überhaupt nicht mit ihr gerechnet, einfach weil sie nicht verdient ist, und sie tut sehr weh, so weh, dass Mathilde plötzlich wie betäubt in ihrem gepunkteten Kleid auf dem Boden sitzt und sich die Wange hält.

Die Bise legt eine Pause ein. Stille. Da muss man sich wohl fragen, ob der Wind in dieser Gegend nicht auf tatkräftige, feierliche Weise am Geschick der Menschen teilnimmt.

Mathilde rührt sich nicht. Sitzt da, hält sich mit einer Hand die Wange, umklammert mit der anderen den Koffer, sagt kein Wort, weint nicht, denn die Spannung ist, wie eben in der Küche, so angestiegen, das Tamtam so laut, dass sie letztlich nichts mehr empfindet. Gar nichts. Auch Céline sagt kein Wort, rührt sich nicht, wirkt immer riesiger über ihrer Tochter.

Es gibt ein Spiel, das Mathilde sehr gut beherrscht: das ist das »Eins, zwei, drei«-Spiel. Der andere darf nicht sehen, dass man sich bewegt, sonst hat man verloren. Hier ist die Sache genauso. Mathilde darf sich nicht bewegen, sonst hat sie verloren. Solange sie auf dem Boden bleibt, gewinnt sie. Also bleibt sie dort. Sehr lange. Auf den eiskalten Steinfliesen. Lange genug, um sich vorzustellen, wie Remi mit dem Koffer in der Hand in der Hütte auf sie wartet. Lange genug, um diese Mutter zu hassen, die plötzlich auftaucht und die, nur weil ihr der Liebste weggelaufen ist, die eigene Tochter daran hindert, den ihren zu treffen und eine Frau zu werden. Dabei hatte sie im Zug versprochen, dass sie nur unter Frauen sein würden – gleiche Behandlung für alle.

Mathilde, die sich immer noch die Wange hält, hebt den Kopf.

»Du hast mich angelogen!« stößt sie mit der ganzen nadelspitz gespitzten Verachtung vor, derer sie fähig ist.

»Was soll das heißen, ich habe dich angelogen?« erwidert Céline sichtlich beruhigt, dass ihre Tochter die Sprache wieder gefunden hat, und zugleich verblüfft über den Angriff.

»Wir sind hier gar nicht unter Frauen! Das stimmt nicht!« fügt Mathilde enttäuscht hinzu.

Céline verlässt ihre luftige Höhe. Setzt sich ihrer Tochter gegenüber auf die eiskalten Steinfliesen. Um miteinander zu sprechen, ist das natürlich besser so, denn sie sprechen ja noch miteinander, aber für Mathilde ist das gefährlich, denn sie könnte sich erweichen lassen und diese Mutter, die sie liebt, nicht mehr ganz so hassen.

»*Du* hast gelogen, Mathilde!« sagt Céline ganz leise und hebt dabei jedes einzelne Wort hervor, und noch ehe sich Mathilde wieder gefasst hat, bricht ihre Mutter hemmungslos – was Mathilde ihr gar nicht zugetraut hätte – in Tränen aus.

Sie hat Céline schon weinen sehen. Wegen *ihm*. Weil *er* nicht kommt oder weil *er* gekommen ist. Weil *er* nicht schreibt oder weil *er* geschrieben hat. Meistens heimlich. Aber diese Tränen, das ist etwas anderes: Das sind die schlimmsten Tränen, die sie je gesehen hat, denn zum ersten Mal in ihrem Leben hat Mathilde ihre Mutter zum Weinen gebracht. Was macht man in einem solchen Fall? Was macht man, wenn die eigene Mutter, von Seufzern geschüttelt, barfuß und mit aufgelöstem Haar, das Gesicht in einem weißen Nachthemd verborgen, plötzlich einem kleinen Mädchen gleicht und man selbst die Schuld daran trägt?

Soll man dann selbst die Mutter spielen? Schwimmweste, Rettungsboot. Schiffbruch am Horizont. Wieder einmal fragt sich Mathilde, ob sie nicht ein bisschen zu klein für so ein großes Drama ist. Und dann umarmt sie Céline unbeholfen, streichelt ihr das Haar, wiegt sie, so gut sie kann, in den Armen, sie, die noch nie jemanden in den Armen gewiegt, nicht einmal Puppen, die sie immer verabscheut hat. Und sagt mütterliche Worte wie »Das ist doch nicht schlimm« oder »Ich bin doch da, mein Schatz«, mit dem seltsamen Eindruck, dass die Welt Kopf steht, das Unterste zuoberst gekehrt ist, wie im Riesenrad ...

Schließlich beruhigt sich Céline. Richtet sich auf, nimmt wieder ihre ursprüngliche Größe ein, ihre mütterlichen Ausmaße, die jedoch noch nicht ausreichen, um ihre durchgefrorene Tochter in die Arme zu nehmen. Sie stützen sich gegenseitig und kehren mit kleinen Schritten ins Haus zurück. Sie sehen aus wie zwei Verwundete, die vom Schlachtfeld zurückkehren, wie in den Kriegsfilmen, denen Mathilde allerdings seit jeher – jetzt versteht sie noch besser, warum – Liebesfilme vorgezogen hat.

In der anderen Hand hält Mathilde ihren kleinen Koffer. Auch der Koffer kehrt nach Hause zurück, und das weiße Kleid und die Kniehose und die rosa

Schleifenbluse und der einteilige Badeanzug kehren nach Hause zurück.

Es versteht sich von selbst, dass Mathilde in Célines Bett schläft – in ihrem gepunkteten Kleid, das weder die eine (die Mutter) noch die andere (die Tochter) auszuziehen vermögen. Es versteht sich von selbst, dass sie sich eng aneinander schmiegen. Schmusen. Schmusefrieden. Schmusekätzchen.

Aber in dem Augenblick, da Mathilde ihre Beine im Schlaf um die ihrer Mutter rollen will, stellt sie fest, dass sie mit ihrer Mutter den Knoten nicht machen kann. Und da erst denkt sie wieder an Remi, der in der Hütte auf sie wartet. Und da erst beginnt sie zu weinen. Allein.

Ihre Mutter schläft bereits, die Arme um das gelb gepunktete Kleid geschlungen.

DER WIND HAT SICH GELEGT. Unter den Zikaden hat es sich schon herumgesprochen. Mathilde wendet den Kopf den Fensterläden zu, die gedämpftes Sonnenlicht hereinlassen. Die Augen tun ihr weh, der Bauch, die Wange, alles, was einem wehtun kann, tut ihr weh.

Ihr gelb gepunktetes Kleid liegt ganz zerknittert auf dem Korbsessel, aber der Koffer ist verschwunden.

Die Tür öffnet sich: »Das Frühstück für Mademoiselle!«

Céline sieht blendend aus, ist bester Laune. Das Tablett mit all dem, was Mathilde gern mag, ist eindrucksvoll.

»Wenn Mademoiselle die Güte haben würde ...«

Céline stellt das Tablett aufs Bett und öffnet die Fensterläden. Der Sommer dringt ins Zimmer herein. Es wirkt fast wie eine Fernsehwerbung, so übertrieben ist alles: das Licht, die Geräusche, die Gerüche ...

Céline legt sich neben ihre Tochter aufs Bett.

Das letzte gemeinsame Frühstück im Bett haben sie in Paris eingenommen, am Morgen vor der Abreise in die Ferien. Sie erinnert sich noch gut daran, weil ihr die Mutter die Provence genauso angepriesen hat, wie sie heute morgen ist, während Mathilde halsstarrig nur auf den Ozean schwor. Sie wusste damals ja noch nicht, was sie erwarten würde. Sie wusste das mit Remi noch nicht. Niemand wusste es!

Das nächste gemeinsame Frühstück werden sie wieder in Paris einnehmen ... Alles, was einem wehtun kann, tut Mathilde weh, die Augen, der Bauch, die Wange.

»Mama ...«

»Ja, mein Schatz? ...«

»Ach, nichts! ...«

Nein. Es lässt sich nichts machen. Nichts sagen.

Mathilde isst, was Céline ihr anbietet, wie sie es schon immer getan hat und wie sie es auch weiterhin tun wird. Aber es lässt sich nichts machen, nichts sagen. Selbst mit einer Mutter, die man nicht mehr hasst, lässt sich der Schmerz nicht teilen, den heilt auch kein Mittel. Der Schmerz, an dem Mathilde leidet, heißt Remi ... Mit diesem Schmerz wird sie sich waschen, kämmen und wie ein gewöhnliches kleines Mädchen anziehen, das auf Reisen geht ...

Als Mathilde aus dem Schlafzimmer kommt, bleibt sie wie angewurzelt stehen: Sie hört Madame Fougerolles' Stimme aus der Küche. Céline und die Bäuerin unterhalten sich angeregt, doch sie wechseln sogleich das Thema, als Mathilde hereinkommt, und machen sich mit der Hausarbeit zu schaffen. Madame Fougerolles drückt ihr einen Kuss auf die Wange, aber Mathilde spürt deutlich, dass sie nicht so ist wie sonst. Nur Léon scheint aufrichtig zu sein. Er leckt ihr die Hand.

Gefolgt vom Hund, der ihr um die Beine streicht, geht Mathilde aus dem Haus. Sie ist zugleich stolz und wütend. Stolz, dass sie das Gesprächsthema war, wütend, dass man sie von der Unterhaltung ausgeschlossen hat, obwohl sie doch die Hauptrolle darin spielt, mit Remi natürlich. Remi ... Ist er in die Hütte gekommen? Und wenn auch er eine Ohrfeige bekommen hat? Und wenn er mehrere bekommen hat?

Mathilde geht durch den Garten mit dem Schmerz, der Remi heißt ... Der Anblick der leeren Hütte ohne eine Spur von Remi ist für sie eine wahre Qual. Der ganze Garten ist eine wahre Qual, denn überall sieht sie Remi, richtig herum, verkehrt herum, in allen Stellungen. Sie kann es kaum fassen, dass man jemanden, der nicht da ist, so deutlich sehen kann. Wo ist denn bloß der richtige Remi? Und wenn der Vater Fougerolles ihn daran hindert, den Hof zu verlassen? Und wenn man ihn gewaltsam eingesperrt hat, mit den Ziegen?

Sie blickt Léon an, der wedelnd zuhört, wie sie Selbstgespräche führt. Er weiß die Antwort, aber er kann nichts sagen ... Nachdem sie so viel nachgedacht und über so viele Wege im Garten gegangen ist, gelangt sie natürlich dorthin, wohin sie gelangen muss. Als sie dort ankommt, ist der Schmerz, der Remi heißt, so heftig, dass sie sich auf das Gatter stützen muss. Das Gatter vor den Sonnenblumen …

Schon wieder taumelt Mathilde. Aber nicht vor Verzückung. Nicht vor Staunen. Die unzähligen Sonnenblumen starren sie mit so düsterem Blick an, dass sie einen Schritt zurückweicht. Es dauert eine Weile, ehe sie begreift, dass es wirklich ihre Sonnenblumen sind, die Sonnenblumen von ihr und Remi, denn von dem Gelb, das sie so schwindlig gemacht hat, ist nichts mehr übrig. Nur noch verkohlte Köpfe, die ein großes unsichtbares Feuer verzehrt haben muss.

In ihren Zeichnungen verwendet Mathilde nie Schwarz. Es ist eine Farbe, die sie schon immer verabscheut hat. Übrigens sieht sie Schwarz nicht als richtige Farbe an. Selbst als sie den Tod von Félix' Hund gezeichnet hat, hat sie kein Schwarz verwendet.

Léon, der ihre Gedanken zu lesen scheint, setzt sich Mathilde zu Füßen, auch er betrachtet das Unheil. Gemeinsam lauschen sie dem Klagelied der Blumen. All die geschwärzten, gekrümmten Köpfe sagen Mathilde das Gleiche: Remi ist nicht da, und er wird auch nicht kommen.

Die rechte Hand schirmend über die Augen … Der Bauernhof mit seinem ockerfarbenen Dach auf der anderen Seite des Felds scheint sehr weit entfernt zu sein, aber vielleicht sieht Remi sie trotzdem, denn wenn man ihn gewaltsam eingesperrt hat, mit den Ziegen, dann blickt er garantiert in diese Richtung, zu den Sonnenblumen herüber.

Es tröstet sie, dass Léon ihr Gesellschaft leistet. Sie findet übrigens, dass er Félix' Hund immer mehr ähnelt. Vielleicht können manche Hunde mit einem neuen Herrn wieder auferstehen, statt endgültig zu sterben ...

Lange wartet Mathilde, seufzt über das Schwarz der Sonnenblumen. Plötzlich reißt sie der Hund aus ihren düsteren Gedanken, er ist ganz aufgeregt, scheint voller Ungeduld zu sein, will unbedingt weglaufen. Sie seufzt noch ein letztes Mal und geht hinter Léon den Weg zurück, der an der Schaukel vorbeiführt ...

Sie hat keine Uhr, spürt aber, wie schnell die Zeit vergeht. Zu schnell. Zum Schmerz, der Remi heißt, kommt noch ein anderes Übel hinzu: Die panische Angst, ohne auf Wiedersehen, ohne Lebewohl zu sagen, mit dem Zug wegzufahren.

Wenn das so ist, muss sie eben sterben oder schwer krank werden, bis ihre Mutter verzweifelt nachgibt, Remi und sie von sich aus nach Italien schickt, sie auf den Knien anfleht, zur Hochzeit kommen zu dürfen, und sie um Verzeihung bittet ...

Anfangs sieht Mathilde nichts, da sie völlig damit beschäftigt ist, unter all den Krankheiten eine auszusuchen, die so schwer ist, dass Céline zu so einem glücklichen Entschluss gezwungen wird. Léons Kläffen lässt sie zusammenfahren.

Ein paar Meter vor ihr sitzt ein Junge in einer Matrosenbluse auf Mathildes Platz auf der Schaukel und sieht zu, wie sie näher kommt.

Jungen, die zusehen, wie ein Mädchen näher kommt, hat es schon gegeben, wird es immer geben, aber so einen leuchtenden Blick, der einen Lichtstrahl von ihm zu ihr sendet, der zwischen Himmel und Erde diesen goldenen Faden zieht, auf dem sie verzückt Luftsprünge macht, den hat keiner gehabt, wird keiner haben.

Trommelwirbel.

Er streckt ihr die Hand entgegen für den letzten Meter, der sie noch trennt, seine Hand mit den kantigen Fingerspitzen, dann ist Mathilde bei ihm.

Ein Junge und ein Mädchen, die sich gegenüberstehen und stumm betrachten, nein, die hat es nicht gegeben, die wird es nicht mehr geben.

Unter dem Reisekleid schlägt das Tamtam richtig herum, aber auch verkehrt herum, ein Tam für die Freude, ein Tam für die Verzweiflung. Die Freude, Remi wieder zu sehen. Die Verzweiflung, ihn zu verlassen. Kann man einen solchen Widerspruch überleben? Die Wahl der schweren Krankheit ist getroffen: an Herzschlag könnte sie sterben, an Herzschlag wird sie sterben …

»Das Kleid kenne ich ja gar nicht!« sagt Remi, um etwas zu sagen.

»Das ist das Kleid für die Zugfahrt«, erwidert Mathilde so unbeschwert wie möglich.

»Ich mag das gepunktete Kleid lieber!«

»Ich auch ...«, sagt Mathilde und denkt daran, dass sie es in der letzten Nacht getragen hat. »Sag mal, bist du eigentlich in die Hütte gekommen?« fragt sie plötzlich erregt.

»Nein, ich konnte nicht.«

»Hast du eine Ohrfeige bekommen?«

»Ja.«

»Ich auch, ich habe auch eine Ohrfeige bekommen. Das tut weh, nicht?«

»Nein, das tut nicht weh!« erwidert der tapfere Remi, Remi ihr Wolf, so stolz, dass Mathilde sich sagt, dass er wohl schon mehr als eine Ohrfeige bekommen hat.

Es dürfte nicht viele Jungen geben, die wegen eines Mädchens eine Ohrfeige bekommen und finden, dass es nicht wehtut.

Remi und Mathilde, die starr neben der Schaukel stehen, machen Luftsprünge unter der Libanonzeder, ohne sich vom Fleck zu rühren.

»Dann fahren wir zwei beide also nicht weg«, sagt Remi lakonisch, als spräche er zu sich selbst.

»Nein, wir zwei beide nicht ...«

Mathilde hebt den Kopf. Zeigt, dass auch sie stolz sein kann. Dass auch sie tapfer sein kann:

»Ich kann meine Mama doch nicht ganz allein lassen. Ich muss mich in Paris um sie kümmern«, sagt sie ernst, denn sie sieht wieder ihre schluchzende Mutter im weißen Nachthemd vor sich und die Welt, die auf dem Kopf steht, das Unterste, das zuoberst gekehrt ist.

Remi verstummt. Er sieht aus, als bemühe er sich verzweifelt, sich an etwas oder jemanden zu erinnern. Was sie gerade gesagt hat, scheint ihn weit in die Vergangenheit zurückzuversetzen, und sein Gesicht verändert sich. Man hat den Eindruck, dass er gleich weinen wird, doch er weint nicht, jedenfalls nicht mit Tränen, aber Mathilde findet, dass das noch schlimmer ist.

Mit seltsam dünner Stimme gibt er diese nüchterne, endgültige Antwort: »Hast Recht, Thilde. Hast Recht ...«

Mathilde spürt, wie ihr die Tränen kommen. Die beiden Tams ihres Herzens schlagen mehr verkehrt als richtig herum.

Sie möchte so gern, dass Remi wieder lächelt.

»Sag mal, was magst du an mir am liebsten?« fragt sie, um ihn davor zu retten, im Meer der Erinnerungen zu ertrinken ...

Remi kommt von seinem Ausflug in die Ferne zurück, blickt Mathilde fest in die Augen und erwidert, ohne zu zögern: »Dass du nie Angst hast, höchstens ein kleines bisschen.«

Und er lächelt mit blitzenden Zähnen minus

einem. Mit dieser Antwort hatte sie nicht gerechnet. Sie glaubte, er würde sagen, »deine Haare« oder »deine Augen«.

Jetzt müssen sie sich trennen, jetzt, in diesem Augenblick. Unbedingt. Während sie sich zulächeln. Was machen Verliebte in solchen Fällen? Im Film küssen sie sich auf den Mund? Ja, aber sie?

Remi trifft mal wieder die Entscheidung, Entscheidungen sind seine Spezialität. Er sagt nichts. Geht einfach weg, wie er es immer tut, wenn sie sich trennen. Mathilde hat verstanden und zählt mit Remi: Eins. Zwei. Drei. Vier. Fünf. Sechs. Sieben! ...

Bei »sieben« dreht sich Remi um, und da blicken sie sich wieder an. Lächeln. Mathilde sieht noch einmal das kleine Loch, wo der Zahn fehlt, das Loch, in das sie ihre rosa Zungenspitze gesteckt hat.

Zirkel. Winkeldreieck. Lineal. Pauspapier. Kohlepapier. Millimeterpapier. Sie blicken sich an, als sei es das letzte Mal, nur ist es diesmal wirklich das letzte Mal.

Mathilde sitzt im Zug.

Kerzengerade. Sie horcht auf das Rattern des Zugs. Das Rattern hört sich an wie ein Trommelwirbel, aber ohne den Luftsprung.

Eins. Zwei. Drei. Vier. Fünf. Sechs. Sieben! Remi dreht sich um. Und dann setzt das Trommel-Geratter wieder ein.

Tausende, nein Milliarden Mal zählt sie so bis sieben, damit Remi sich noch einmal umdreht und sie noch einmal das kleine Loch sieht, wo der Zahn fehlt ...

Ihr gegenüber, hinter der kleinen Tischplatte, auf die Mathilde den Koffer mit all ihren Kostbarkeiten gestellt hat, sitzt Céline und beobachtet sie heimlich. Sie beobachtet ihre Tochter, die zählt und zählt.

»Hast du keinen Hunger, mein Schatz?«

Nein, sie hat keinen Hunger.

Um bis sieben zu zählen, damit man jemanden sieht, der nicht da ist, darf man an nichts anderes denken. Darf man sich nicht von den vier Ecken eines Keks ablenken lassen. Sitzen bleiben. Kerzengerade.

Im Koffer sind keine Kleider mehr, weder weiße noch gepunktete, sondern wieder ihre Malsachen, aber immer noch der rosa Kiesel, den Remi für sie unter Einsatz seines Lebens aus einem tiefen Wasserbecken im Fluss gefischt hat, das Foto ihrer Großmutter mit Félix in Sevilla und die Perlenkette, die Perlenkette mit der Muschel.

Wenn sie eines Tages Großmutter ist, wenn sie frei ist, kann auch Mathilde endlich wegfahren und sich auf der Terrasse eines Cafés fotografieren lassen, Hand in Hand mit Remi in Italien.

Das andere Foto, das Foto von Remi in der Matrosenbluse auf der verrosteten Öltonne inmitten der Ziegen, hat sie in die Tasche gesteckt. Auf diese Weise kann sie es so oft berühren wie sie will, ihn berühren.

Mathilde drückt nicht die Stirn an die Scheibe. Sie haucht nicht gegen das Fenster.

Hinter der Scheibe weicht das Gelb zurück, das Grün setzt sich durch, das hatte sie sich schon gedacht, aber sie will es nicht sehen. Will nur Remi sehen, der sich umdreht und ihr neben der Schaukel unter der Zeder zulächelt.

»Ist dir nicht kalt, mein Schatz?«

Doch, ihr ist kalt. Aber leider hat sie keine Gänsehaut, denn eine Gänsehaut ...

»Willst du auf meinen Schoß kommen?«

Nein, das will sie nicht.

Das Schmusen, das Schmusen gegen die Kälte, am seidenweichen, duftenden Stoff der Bluse, eignet sich schlecht dazu, bis sieben zu zählen, und außerdem, gegen solche Kälte kann keine Mutter etwas ausrichten.

Und da Mathilde ja nun ein großes Mädchen ist, spricht ihre Mutter die ganze Zeit von der Schule für die Großen, in die Mathilde bald kommt. Sie würde ihrer Mutter gern sagen, dass sie die Schule für die Großen schon kennt, dass Remi sie schon vor allen anderen dorthin mitgenommen hat, in die Schule für große Mädchen ...

Und wenn *er* seine Tochter nicht wieder erkennt, weil sie so gewachsen ist? ...

Sie muss wohl eingeschlafen sein, im Sitzen, kerzengerade, denn der Zug verlangsamt die Fahrt, und Céline verkündet, dass es nicht mehr weit ist bis Paris. Und diesmal beugt sich Mathilde zum Fenster vor, drückt die Stirn an die Scheibe. Und da sieht sie sie.

Neben den Gleisen, die am Rand der grauen Stadt entlangführen – gelber als das absolute Gelb, die lebendigen Köpfe ihr zugewandt – starren sie unzählige Sonnenblumen an.

»Was, hier gibt es auch Sonnenblumen?« ruft Mathilde völlig verdutzt.

»Natürlich, mein Schatz«, erwidert ihre Mutter. »Sonnenblumen gibt es überall!«

Noëlle Châtelet, Die Dame in Blau

Roman
KiWi 531

»Ein Lobgesang aufs Alter, auf die Langsamkeit« *Amica*

»Ein elegant erzählter, formal geschickt komponierter Roman, der unterhält und sich durch Genauigkeit des Blicks auszeichnet.« *Süddeutsche Zeitung*

Noëlle Châtelet
Die Klatschmohnfrau

Roman
Gebunden

In diesem märchenhaften Roman gibt es ein Wiedersehen mit der Dame in Blau. Voller Sensibilität und Zartgefühl erzählt Noëlle Châtelet die Geschichte von Marthe, die spät im Leben ihrer ersten großen Liebe begegnet und voller Selbstbewußtsein und Fröhlichkeit dieses neue Gefühl lebt.

»Wer möchte nicht Marthe sein, heute oder morgen.«
Le Figaro littéraire

VERLAG
KIEPENHEUER
&WITSCH